सूडान राइनो

मनेन्द्र यादव

राजमंगल प्रकाशन

An Imprint of **Rajmangal Prakashan**

ISBN : 978-93-88202-33-6

Published by :

Rajmangal Publishers

Rajmangal Prakashan Building,
1st Street, Sangwan, Quarsi,
Ramghat Road, Aligarh-202001, (UP) INDIA
Cont. No. +91- 7017993445
www.rajmangalpublishers.com
rajmangalpublishers@gmail.com

प्रथम संस्करण : अक्टूबर 2019

प्रकाशक : राजमंगल पब्लिशर्स

राजमंगल प्रकाशन बिल्डिंग,
1st स्ट्रीट, सांगवान, क्वार्सी,
रामघाट रोड, अलीगढ़, उप्र. - 202001
फ़ोन : +91 -7017993445

First Published : October 2019

Cover Design : Disign (c)

प्रस्तावना

कई बरसों से एक ख़्वाहिश थी कि आपसे इस माध्यम में आकर बात करूँ| अलीगढ़ मुस्लिम यूनिवर्सिटी में मिले शायरी के माहौल में लेखन को समझना ज्यादा होता था, ये वो दिन थे जब काफ़िये मिलाना सीखा जाता है| मगर ये निजी तज़ुर्बा रहा कि मीटर की फॉर्म में लिखने से दर्द बाहर नहीं निकलता, सो शायरी को नज़्म की शक्ल देना कई दौरों से गुज़रने के बाद ही मुमकिन हो सका था | फिर शुरूआती सिविल सर्विसेज की तैयारी के दौरान जब वक़्त कम मिला तो लिखना कम हुआ मगर किसी भी ख़ूबसूरत चीज़ को देखकर गुज़रते हुए जुबां पर मुबाल्गे आते रहते थे जो हालांकि लिखे नहीं गये मगर इस मज़मून को लिखने का रिहर्सल बन गए थे |

सबसे पहले राजमंगल प्रकाशन का शुक्रिया जिन्होंने मुझे पहला मौक़ा दिया | बिना इनकी मदद के मुझे आपसे मुख़ातिब होने में कुछ देरी और हो जाती |

आईये, अब हम मज़मून पर तफ्सील से बात करें | इस पूरे मज़मून में कई हिस्से हैं जैसे सबसे पहले कई रंग में डूबी हुयी इश्क़ पर लिखीं नज्में हैं | अब चूंकि ये मेरा पहला मज़मून है इसलिए इश्क़ पर लिखी नज्में जरुरत से ज्यादा शुमार हो गयीं हैं | ऐसी ही नज्में आपको आगे के हिस्सों में भी मिलेंगीं | अहमद फ़राज़ जब कहते हैं “किसे नसीब कि बे-पैरहन उसे देखे, कभी-कभी दर-ओ-दीवार घर के देखते हैं”, तो एक रोमांचित कर देने वाली इमेज सामने बनती है | पहली नज़्म ही इसी तरह के एक रोमांचक मिजाज़ को बयां करने वाली शामिल की गयी है | मैं फैज़ अहमद फैज़ “हैं और भी ग़म ज़माने में मोहब्बत के सिवा” से मुत्तफ़िक़ हूँ, इसलिए दूसरा हिस्सा पर्यावरण से ताल्लुक रखता है मसलन दिल्ली रिज़, पीपल, महोगनी | फैज़ की “राहतें और भी हैं वस्ल की राहत के सिवा” पर हामी भरते हुए ही मैंने इस किताब का नाम भी सूडान राइनो रखा |

तीसरे हिस्से में मैंने अपने पसंदीदा शौक,जो कि कायनात में उड़ती-फिरती चीज़ों पर इमेज बनाकर लिखना है, को शामिल किया है| मुझे ये बहुत पसंद है|

कायनात को लेकर ज़ेहन में कई तरह के सवाल पैदा होते हैं,जिनके जवाब आते-आते टूटकर बुझ जाते हैं | इस हिस्से में इन्हीं अधूरे जवाबों के साथ लिखी गईं छोटी-छोटी नज़्में हैं |

शायर का काम अकेले खुद की मुक्ति को पाना नहीं, बल्कि पूरे मुआशरे के साथ ही असल मायनों में मुक्ति मुमकिन है | मज़मून के आखरी हिस्से में इसी तरफ बढ़ने की कोशिश की गयी है | प्रकाशन से मैंने दरख्वास्त की थी कि इस हिस्से को बड़ा करने के लिए कई नज़्में और शामिल कर लें पर किताब की बढती लागत की वजह से उन्हें शामिल नहीं किया गया, इस वजह से यह हिस्सा छोटा रह गया है| इस हिस्से को बड़ा करना अब ज्यादा जरुरी जिम्मेदारी बन चुकी है |

मैं शुक्रगुज़ार हूँ अपने गुरुओं का जिनमें श्री गुलज़ार साहब, स्वर्गीय रवीन्द्र नाथ टैगौर, स्वर्गीय राजकपूर साहब “द शोमैन”, स्वर्गीय कुंवर नारायण जी, श्री अशोक चक्रधर जी, श्री पवन के. वर्मा जी, श्री अशोक वाजपयी जी, श्री डा.अंजन सेन गुप्ता सर, श्री राजवीर देसवाल जी, श्री मनोज चौहान ‘सरल’ जी और शशांक एटम सर शामिल हैं |

इनके अलावा श्रीमती डा. सोमा सेन गुप्ता जी जो कि दिल्ली यूनिवर्सिटी में अध्यापन करती हैं उनके द्वारा बनायी गईं रंगोली मुश्किल वक़्त में मुझे यह एहसास दिलाकर हौसला-अफजाई करती रहीं हैं कि अपने लिखे को कभी स्थिर ना माना जाये और ना ही उससे कोई उम्मीद की जाये| सो मैं तो यही करता हूँ |

उनका भी शुक्रिया जिन्होंने मेरे अन्दर की तपती धूप को अपने नाज़ुक हुस्न की गागरों से बखूबी सींचा | मुंबई की लडकियां मुझे बिल्कुल पसंद नहीं, हाँ ये बात और है कि कोई मुंबई की लड़की जाड़ों के मौसम में दिल्ली यूनिवर्सिटी के नार्थ-कैंपस की सड़कों पर कोहरे से बाहर निकलती हुई दिख जाये और अच्छी लगने लगे | तो ज़नाब बात दिल्ली की सर्दी में है |

अपने साथी दोस्तों सुरभि, डा.परम, मनोज, हेमंत, विक्रांत विक्रम शाह, आदित्य पटेल, डा. सूरज, डा.निखिल रॉय, डा.नवीन, बलेंद्र, जितेन्द्र मीना, शशिभूषण यादव, राष्ट्रपति द्वारा वीरता के लिए पुरुस्कृत असिस्टेंट कमांडेंट दीपक

सिंह और यासिर अराफ़ात का शुक्रिया| इनके साथ-साथ मेरे सीनियर्स रहे डा.कृष्ण आनंद, डा.विवेक त्रिपाठी, डा.प्रीतम सिंह, डा.अंकुर श्रीवास्तव, डा.अजय सिंह और डा. भंवार्सा रानावत का मेरी ज़िंदगी में अलग- अलग वजहों से तहे दिल से शुक्रिया|

~~

अनुक्रमणिका

प्रस्तावना	3
याद है मुझको	12
वो सावन से खेला करती है	13
गर्ल्स हॉस्टल और बादल	14
विंडो-सीट	16
रानी की वाव	17
अपने लब जब खोलती है वो	19
पूरा सिर गोल घुमाके	21
चमकती रोशनी से	22
कल रात तूफां	23
कश्मकश	24
पंखुड़ियां पलकों की जब खोलती हो	25
आँखें झुकाये देर तक	26
कितना सुबुक था बचपन	27
नाज़नीन	29
बिस्तर,ग़लीचों पर	31
कुल्हड़-जितना सूरज	32
अक्टूबर	33
मूड स्विन्ग्स	34
एंग्जायटी	35
टेबल लैंप	36
ना कोई झगड़ा	37
गाँव थे उस भरे जंगल के चारों ओर	38
महोगनी	39
पीपल	41
दिल्ली-रिज़	42
पहाड़ और लेंडमाइंस	44

पहाड़ियां 45
सूडान राइनो 46
जैकी कुत्ता 48
पोगो डॉग 50
उस तरफ कोने में 51
पेड़ पर घर बनाया करती थीं 52
मदर-अर्थ 53
बॉम्बे के सामने दिनभर 54
होटल ताज़ के सामने 55
ताज़ 56
कई बड़े नेताओं से 57
घुटनों को सीने से लगाए बैठा 58
सूखी घाटी 59
किनारों पर बैठकर 60
ये कायनात 61
कुछ सीड़ियों बाद 62
किसी बर्फ़ानी बादल को 63
आसमाँ से दूर 64
आसमाँ पे चाँद 66
बड़ा इतराता फिरता है 67
वक़्त कभी खाली मिलेगा 68
तिलिस्म-जदा फूटते रहस्यों पर 70
जैसे हर वक़्त जमाई लेता है 71
चाँदी झड़ी थी चाँद से 72
जाड़ों की ठंड में ठिठुरकर 73
कल रात दरवाज़े तक 74
अब देखना नीला पड़ेगा चाँद 75
ब्लू मून 76

चाय की सफ़ेद प्याली	77
मिसाइल्स फेंकता रहता है	78
डाकघर की मुहर देखी	79
सबकी सवारी है नाव	80
अब ख़ला के सिवा कुछ नहीं	81
छाँव के बीच	82
देर तक खेलते रहे	83
सूरज भी तो	84
काँच का कोई प्लानेट	85
उँगलियों से छूटकर	86
जब कभी	87
घना कोहरा है	88
जैसे बरसने के बाद	89
बरसाती मौसम का पाँव	91
कभी-कभी होता है	92
एक बूँद ज़िन्दगी	93
नज़्म अधूरी बनी है	94
दिन ढ़लता हुआ	95
छटपटाहट हो रही है	96
बस एक बार	97
अजंता की दीवारों से	98
कोहरे की रात में	99
हाईवे	100
किनारों से खींचकर	101
सेट	102
कफ़न	103
ओवरब्रिज पर	104
ज़िन्दगी बेदख़ल सी रहा करती है	105

ज़िन्दा ज़ला दो 106
रुहें भटकती हैं 107
कुछ तेज़ आवाज़ें उठी थीं 108
मज़नू का टीला 109
बेख़याली की डिबिया से 110
मकां की टेरिस 111
तू आया 112
हरे,नीले,नारंगी 113
सूरज की तेज़ किरणें 114
पेंटिंग ब्रश 115
पेंटर का घर 116
आर्ट-गेलरी 117
घर से बिछड़ी 118
द क्योर 119
पेपर-बोट 120
टैगोर की पेपर-बोट 121
स्मार्टफोन 122
रोंदते रहते हैं उसके बदन को 123
फ्लाई-ओवर 124
वादी-ए-कश्मीर 125
गुडुर-गुडुर 126
ख़ुद ही लिखा 127
पानी के घरों में 128
नॉन-पोलिटिकल 129
जासूस 130
मार्च 131
फादर्स डे 132
पलकों के किनारों पर 133

ईला 134

आषाढ़ की उमस 135

आँखें मूंदकर अब सोती जाती है 137

एक तूफ़ान दौड़ रहा है 138

हुमांयू का मक़बरा 139

एस्किलिस का ड्रामा 140

विक्रम-बेताल 142

स्केच-1 143

लोअर पारेल 2017 144

कुछ इस तरह है इंसानी इर्तिका 145

ज़िन्दगी का सफ़र 146

वक़्त से रेस 147

~~

"ये दुनिया अगर मिल भी जाए तो क्या है..."

- साहिर लुधियानवी

याद है मुझको

याद है मुझको
उसके पूरे ज़िस्म पर इबारत लिखी थी
ऊँची जाँघों तक पहुँचने में पांच शेर खर्च हुए
मदहोशी में जब खींचकर नुकीले चाँद से
बादली कूल्हों पर हर्फ़ और नुक्ते लगाए थे
लिखावट से कई बार कांपी थी वो
चाँदी की वो स्याही अब तक नुमाया होगी वहाँ |

हुस्न से जला था मैं भी
जब दबे शोले हमने होंठो से जीभों पर लुढ़काये
आँखों में तेजाबी कुंए छाए थे
सीने में ऐसी साँसों की कतारें थी
जिनके पते अब तक गुम रहे
दौड़ती उन नवेली साँसों से
मैं गिरा था और टूट गया |

देखा था बस यूँही,
मैं नहीं था, वो भी नहीं,
इबारत थी मगर, कौन थी वो... वो कौन थी ?
जिस्म का बना कागज़ का कोई टुकड़ा था क्या
जिसे बनाया और शक्ल दी थी मैंने ?

~~

वो सावन से खेला करती है

वो सावन से खेला करती है यूँ
कि सावन भी खेला करता है |

कमर की कबाओं पर मोड़ती है पानी को
कभी बूँदें तोड़कर उनके बीजों को चखती है
कभी फ़िसलकर गिरती है छपाकों पर
कभी खड़ी-खड़ी बुलबुले पहना करती है |

बूँदें जब खेलने को आयें
चेहरे पर झोंकों-सी गिरती हैं
जरा संभलकर बाहों में यूँ कसती हैं उसे
कि जैसे ऊँगली हो, एक तंग अंगूठी कसी हो,
चूमती हुई होठों को उसके एक ठंडक चुभ जाती है गर्दन पर,
गिरती हैं उभारों पर यूँ मचलकर
कि कोई झरना प्यासा है, अभी-अभी फूटकर गिरा है |

वो उसके पठारों पर रुककर मचलें तो बादल बनते हैं
सब की सब जाँघों पर तड़पकर मिलने को आती हैं
उसके घुटनों से टपकती बूँदें
नदी बन जायें तो बहकर उसी में
वो भी वापस समंदर लौट जाती है |

वो मौसमी जलपरी हर साल बारिश में
समंदर से उठकर, नदियों से होती हुई आया करती है |
~~

गर्ल्स हॉस्टल और बादल

रुप बदलकर पंछियों के आकार में आते हैं
ये तंग करते हैं तुमको सब बादल मिलकर
जैसे-कोयल, तोते, मोर, कबूतर।

एक सफ़ेदा चील भी आकर रूकती है
गुलमोहर से पांच पेड़ दूर वाले
दरख़्त के ठीक ऊपर
हर दोपहर बर्फ़ में धुली आती है
वही रचती है साजिश,गले से बजाती है सीटी
सारे पंछियों को बुलाती है।
रुई की जेबों में बूँदें छुपाकर लाते हैं सब
थककर ठहरते हैं हॉस्टल की मुंडेरों पर
कुछ बूँदें गिराते हैं।

जब आती नहीं हो खिड़की पर
फेंकते हैं नमक की डलियों के ओले
जैसे क्लास के बच्चे लिखकर
लव-लेटर्स के गोले फेंकते हैं।

सोचता हूँ
सारे परिंदे तम्बू लेकर अपने-अपने उड़ जायेंगे
रेगिस्तान दिखने लगेगा ये मंज़र,
तुम्हारी आख़री फ्लाइट के उड़ने के बाद
क्या फिर से वो सफेदा चील लौटेगी ?

~~

विंडो-सीट

बादलों के तालाब दिखते हैं
गुज़रो कभी एरोप्लेन से तो,
इन तालाबों में मछलियाँ रहती हैं।

नाव की तरह गुज़रे प्लेन कभी इनकी सतह से
छपाके गिरते हैं उसके चेहरे पे
जैसे कमल पर पानी के छींटे गिरते हैं।

कुछ और भी छोटे-छोटे एक्वेरियम हैं
हवा में तैरते हुए, जिनमे रंगीन मछलियाँ होती हैं
गिरती हैं सूरज की किरनें उन पर तो रंग बिखर जाते हैं
आसमाँ में इंद्रधनुष दिखाई देता है।

ज़ुल्फों की एक पिन डालकर
एक बड़ी झील से मछली निकालकर
अपने घर में नीले समंदर वाली पेंटिंग में डालती होगी
बहने लगती होगी वो पेंटिंग तब।

इस तरह विंडो सीट पर बैठे हुए
वो बादलों के किनारों पर पाँव रखती होगी
और प्लेन से दूर उड़ती होगी।

~~

रानी की वाव

पाँव में पंख लग जाते हैं उसके
हर बार जब भी जाती है वो रानी की वाव
काफी दूर तक जाती है।

हज़ार साल पहले
जब उन दीवारों पर रंग हुआ करते थे
शहनाईयाँ सारी ख़बर करती थीं उसके आने की
सीढियां पीठ झुकाकर रास्ता बनाती थीं
जिन पर गूँज़ते थे उसकी पायल के सुर भी।

पानी के छपाकों में बजते थे कंगन
महल की मुंडेरों पर बैठे पंछी
ऊँची गर्दन किये छुपकर ताका करते थे
कभी कोई पंछी बाली ले उड़ा
झट से दुपट्टे से उसने पर्दा किया
चिढाती थीं सहेलियां जब कमंडल उढेलती थीं
सिरहन कमर तक भरती थी उसमें।

बालों के प्यासे सांप लोटते थे गीले बदन पर
वो कुंडली बनाकर जूडे में बांधती और हँसती
लहरें उमड़ती थीं होठों तक उठने को
अँगूठे के बल वो बस जरा उचकती थी।

वो पहचानती है आज भी खुद को उन्हीं मूर्तियों में

वो ख़ुद को ढूंढकर

ना जाने कुछ और भी ढूँढा करती है |

~~

अपने लब जब खोलती है वो

अपने लब जब खोलती है वो
आवाज़ की फुहार में भिगोती है वो
हवाओं से बातें करती गुज़रती है जब खुश होती है
दूर तक रहता है पुरवाई के बदन पर
उसकी सदा का नम-एहसास,
ऐसी बेमौसम बारिश में भीग जाती है हवा बौछार में।

रातों से गुफ़्तगू करती है जब बालकनी में हो
होठों पर उछलकर आती है मासूमियत
जैसे गूंगे अँधेरे में भी लहरें किनारों पर
चाँद को नज़्में सुनाती हैं।

गूँज के निकले लफ्ज़
तो लगे है बनारस है,
सुबह होने को है,
शंख सूरज को पुकार रहा है।

हौले-हौले से तरन्नुम में जो वो गा देगी,
फिर से सुरीली होकर धड़केगी
किसी म्यूज़ियम में रखी खामोश शहनाई बिस्मिल की।

सातों सुर मिलते हैं उसकी रीड्स में,
एक नया सुर भी मिलता है
वो आँखें दिखाकर गुस्से में बोले
तो आठवाँ सुर बनता है |

~~

पूरा सिर गोल घुमाके

पूरा सिर गोल घुमाके
नापी थी छल्लों से आँखें
झीलों में उसकी चूड़ियाँ पहिनकर
घूमा करते थे भँवर
छूकर कंगन को ऐसे गुज़रती थी हवा
जैसे क़ैरम खेलने में रानी की ख़्वाहिश हो
दाहिने हाथ की ऊँगली छू दे
उसकी बांयी बाली को।

एक ही सुर में बज उठती थीं
पेड़ों पर टंगी पत्तियाँ
जिनमें उसके जाने के वक़्त का अलार्म सेट कर आया था
कोरस में खड़ी अप्सरायें लगती थीं।

गर्मियों में जो माइग्रेट कर जाती है
चाँद से उतारकर आती
देखती नशे में झूमती पृथ्वी को
कानों में एक-एक पत्ता पहिनाता
वापस जाती तो पाबंदी से बजती बालियाँ,
और मैं हिचकियों से ख़त निकालकर
मेज़ पर रखकर पढ़ता।

~~

चमकती रोशनी से

चमकती रोशनी से इतना खेला करती थी
कभी बत्तियों को काँच में भरती थी
वो कभी कानों में पहिनती थी तो झूमर बनती थी,
दीवारों पर छोटे बल्ब की किल्लियाँ बोकर
उसने रोशनी की कई बेलें उगायीं
हवाओं से जुगनू, आकाश से
सितारों की कई तस्वीरें ले आई थी,
सूरज को भी पकड़ा था
जब दरवाज़े पर गिरकर चूर हुआ था।

उस रोज़ जब चाँद बनकर खेल रही थी
डरावनी बिजली चमकी फ़लक पर
ग्रहण ने खींच लिया था मासूम को
अब नहीं बनते रात में झील की पीठ पर चाँद के अक्स,
वीरानियाँ उगकर खड़ीं होती हैं ज़मीं पर
सारी पृथ्वी अँधेरे का जंगल है।

~~

कल रात तूफां

कल रात तूफां दरवाज़े से होता हुआ
सिरहाने तक आ गया था,
मैं नज्मों का चिट्ठा वहीं रखता हूँ ....
सिरहाने पर ही, महफ़ूज़ रहता है |

तूफां को गुस्सा था कि सब तितर-बितर कर गया
नज्मों का चिट्ठा तूफां का सामना करता रहा
सफ़ेद कबूतरों के पंखों-सा फड़फड़ाता रहा
मानो तूफ़ान उड़ाकर ले जायेगा सारी नज्में
वो तेरे घर का पता जानता होगा |

सुबह होते-होते जब नींद टूटी
सारी चीज़ें अपनी जगह मौजूद थीं, जस की तस
हर चीज़ अपनी जगह ....बिलकुल बाकायदा,
पर स्याही की दवात मेज़ पर उलटी पड़ी थी
पैन जो लबालब भरा था काली स्याही से
खाली हो गया था, कुछ पन्ने जो मेज़ पर रखे थे
आडी-तिरछी लकीरों से भर गये थे |

आँखें मलकर देखा
उन लकीरों में तेरा नाम छुपा था,
शायद तूफां पूरी कर गया था वो सारी अधूरी कवितायें,
वो जानता था मेरे घर का पता भी
वो जानता था मेरे दिल में छुपा तेरा नाम |

~~

कश्मकश

झूठ-मूठ में ही बहा ले गयी
देखो ये तुम मुझे कहाँ ले गयी
ये मेरे बेखुद रेंगते हुए
पैरों के निशानों की क़तारें
मैं आया था इस रास्ते पर पहले भी,
ऐसे ही तुमने पकड़ कर हाथ मेरा
दिखाया था वो दूर पेड़ का
जिस पेड़ पर अंगूठियाँ खिला करती थीं
मैं आगे बढ़ा तो था मगर...
मगर जब तक खिली नहीं हीरे की अंगूठी
मैं रुका रहा वहीं
वापस मुड़ा तो कोई नहीं दिखा
सारे रास्ते पर कोई निशाँ नहीं क़दमों का
जल्दी में होगी, हवा थी शायद
हाँ, हवा ही होगी।

मैं वापस भी लौट आया हूँ
मगर, उस हीरे को जुबां से चखकर जान दे दूँ
ये ख़याल है कि लौटकर जाता नहीं।

~~

पंखुड़ियां पलकों की जब खोलती हो

पंखुड़ियां पलकों की जब खोलती हो
चाँद पर दो फूल खिलते हैं
गयी रात आँखों में बंद हुए थे जो
उन दो भौरों की साँसे तब लौटती हैं।

खिड़कियाँ खोलकर दूर चाँद-सूरज पर
जब बैठती हैं आँखें
ये भौरे रौशनी की किरनें लेकर
उड़कर आते-जाते हैं
शुआओं के हुजूम उलझकर भीगते हैं जुल्फों में
जब अंगड़ाईयों पर शावर गिराती हो तुम।

रात की किरणों की कुछ शबनम
पलकों से रिसती है आँखों में,
और समंदर पर रात भर
बर्फ़ाब किरणों के आबशार गिरते हैं
उन ओस की बूंदों को पीने आँखों में
भंवरे आया करते हैं ख़्वाबों में ,
नशे में झूमकर पड़े रहते हैं सुबह तक।

हर सुबह चाँद पर दो फूल खिला करते हैं
जब पंखुड़ियां पलकों की खोलती हो।
घर में ही दोनों भंवरों ने लैंप पर अब
धूप और चांदनी के छत्ते बना लिए हैं।
~~

आँखें झुकाये देर तक

आँखें झुकाये देर तक उसने नज़रें बोईं
मिट्टी से तब नन्ही-नन्ही नज्मों ने आँखें खोलीं
पालने जितने भी थे सारे खाली कोई रहा नहीं।
जब भी ऊँगली रख देता हूँ उनके होंठों पर
उन्हें तेरे लौट आने का भरम होता है
एक पल दबाती हैं होठों तले
फिर जीभ से उढेल देती हैं,
मुझको ये भरम कि ये भूल जायेंगीं
तेरी उँगलियों का लम्स
उनको ये भरम कि लौटेगी तू
उनसे भला दूर रह पायेगी कब तक?
इन्हीं भरम को बनाकर जोड़ने-तोड़ने में
सारा वक़्त गुज़रता है
किलकारियां बजती हैं जब कोई सफ़हा पलटता हूँ
बंद करनी पड़ जाती है डायरी
भूख से बिलखती नज़्मों को देखा भी तो नहीं जाता।

~~

कितना सुबुक था बचपन

कितना सुबुक था बचपन
जैसे फूँक से चारों ओर
बुलबुलों के हुज़ूम बना करते थे
इन्हीं मछली की आँखों के साथ
तुम भी थी कि तैर लिया करती थीं।

कई बुलबुले छूने को आते
तुम हाथ उठातीं
ये भीगी तितलियाँ उतरकर बैठती थीं
गीले-गीले लम्स-ए-तस्वील में
मछली हो जाया करती थीं तुम।

घर के पीछे जो समंदर है
हाँ वही, जो रोज़ दौड़कर आता है
कि दीवारों को छू लेगा
आवारा कुछ बुलबुले जाते थे
खबर देते थे उसको तुम्हारे होने की
समंदर ख़ुशी में गले लगाकर झूमता फिरता था
कई बार तो दबे ख़जाने निकालकर फेंके थे,
सीपियाँ बिख़री मिलती थीं किनारों पर।

कुछ जिद्दी बुलबुले थे
बालों में छुपकर आ जाया करते थे घर
सबको भरकर फिश टैंक में
सजा लिया था तुमने,
जब शहर बदला था
उसी समंदर में बहा आई थीं उनको |

जब जमीं पर इतने थिएटर हैं
समंदर तो वशिअतर है
सोचा है मैंने इक दिन जाऊँ
समंदर में डूबकर
देखकर ये सारे सीन्स लौट आऊँ |

~~

नाज़नीन

इकलौती नाज़नीन थी वो उस युग की
संवरती थी तो परिज़ाद बनती थी
रेशम पहिना करती थी कानों में,
जिसके रुख़्सार
चन्दन से लिपटे गुलाब के होठों पर खिला करते थे
ज़हर की काली पिण्डलीयाँ भरी थी आँखों में
गले में मढ़ी दबाये
नाग मुकुट पर फन उठाये रहता था तो
अना का सर दूर-दूर तक ऊँचा होता था,
कोई भी नुख्श ना था बनावट में
अमर रहेगी पूरे पर्वत पर वरदान था उसको |

कई युग बीते हैं
आज भी वादियों की सैर को उतरती है तो
कोहरा पाँव भर लेता है
बादल छाँव का साया करते हैं,
अब और भी हसीं हो गयी है जो
उम्र की सैकड़ों सतहें लपेटकर पहनी हैं
मगर यही ना-गवारा गुज़रा है तो झुंझलाहट में रहती है
कई आईने बदल डाले हैं
हर बार और भी छोटे कद में आता है आईना उसके घर |

जिनसे अपनी तस्वीरें
और बुत बनवाया करती थी
वो विदेशी रंगसाज और नक्काश्कार
वहां अब नहीं आते,
दिन भर वही परीवश
गिरे पर्दों में छुपकर
अपनी पुरानी तस्वीरें लिए
बुतों के बीच बैठा करती है।

~~

बिस्तर,ग़लीचों पर

बिस्तर,ग़लीचों पर
कितनी फूल,पत्तियाँ,तितलियाँ छपी हैं देखो
ख़्वाबों से मिलने सोने जाती हो तो
सेंट की ख़ुशबू से महक उठते हैं बेला, चंपा
तुम्हारी सांसें पीकर आँखें खोलती हैं तितलियाँ
देखो ये पूरी तुम पर गयी हैं
उडती-फिरतीं हैं तुम्हारी तरह |

ये सब रवां होता है कमरे में
तुम जब आँखें मूंदती हो
देखो ना, आकाश भी गलीचा है तारों का
चलोगी क्या?

~~

कुल्हड़-जितना सूरज

अध्-निकला सूरज वहाँ दूर उफ़क पर
जैसे कली में छुपा अध्-खिला झाँकता फूल गुड़हल का,
वो दूर लकड़ी की बेंच पर बैठी
कुल्हड़ से चाय का लम्बा सिप लेती
इसी सिप की तर्ज़ पर ऊपर बढ़ता हुआ
कुल्हड़-जितना सूरज फलक पर
अब पूरा चढ़ता हुआ |

~~

अक्टूबर

अक्टूबर में सोते हुए समंदर से उठेगी जलपरी
मुट्ठियाँ खोलकर तेरह तितलियाँ छोड़ेगी
चार-दिवारी, छत, दरवाज़े पर
तितलियों के जोड़े ठहरेंगे,
जब आख़री तितली ठन्डे माथे पर बैठेगी तो
मुक़म्मल होगी तासीर सारे जोड़ों की।
दोनों हाथों को फेहराये
पच्चीसवे माले की छत पर आसमाँ सर पे उठाये
पूरा दिन प्लेन की तरह उड़ना तुम।
~~

आकांक्षा के 25वे जन्मदिन पर।

मूड स्विन्गस

अरे-अरे
जरा ठहरो तो!
इस पुराने खँडहर की
तस्वीर खींचने दो।

अरे-अरे रुको!
जरा ठहरो तो!
इस गुलशन की रंगीन बहारों की
तस्वीर लेने दो न ज़रा।

अरे-अरे तुम रुको!
सुनो, सफ़ेद पंखों वाला घोड़ा
आता है ख़्वाबों में
और मैं उसे छू नहीं पाती
रोक नहीं पाती
उसकी तस्वीर लेना चाहती हूँ
तुम सुनो, देखो, रुको, अरे तुम बोलो ना!
~~

एंग्जायटी

एंग्जायटी के जीन्स में चीटियों के बिल होते हैं
पूरी की पूरी बस्तियां बनाकर रहती हैं चीटियाँ
ये काली चीटियाँ बात-बात पर गुस्सा करती हैं
सेनापति आगे-आगे उनके पीछे सारी सेना
पूरा नाग बनाकर चलती है |

एक और बस्ती है लाल रंग की चीटियों की
गुस्सा जिनका सातवें बादल पर बैठा है
रेंगती हैं जब हाथ पाँव पर,
कमरे के हर कोने में
तश्तरियों से छल्ले निकला करते हैं |

अबके कोई चीटी बिल से निकले
उँगलियों पर दिखे तो चुटकी से मसल दो
ऊपर ना चढ़े
इन रंग-बिरंगी कंचे जैसी चीटियों से
कई बार जान पर आई है
ये ख़तरनाक चीटियाँ हैं
आस्तीन में आकर पलती हैं |

~~

टेबल लैंप

टेबल लैंप की आँखें खुली छोड़ दीं थीं
सोने से जरा पहले,
जब देख रहा था ख़्वाब
देखा तुम्हें वहीं खड़े,
जहाँ बेपरवाही में माचिस की तीलियाँ जला रही थीं तुम।

उसी किसी तीली से
ख़्वाब ही था... सो जल गया,
आग़ की लपटें उठ रही हैं टेबल-लैंप से
ख़ुद की चिता को आग दी है इसने
धुंए का गुब्बारा बन गया है कमरा।

जानां, जब देख रहा था ख़्वाब में तुम्हें
ये हम दोनों को देख रही थी
जब तुमने तीली गिराई ख़्वाब पर
एक चीख सुनाई दी थी बस
लगता है तब ही उसने खुदख़ुशी कर ली।

दो लोग जले हैं एक तीली के नीचे आकर।

~~

ना कोई झगड़ा

ना कोई झगड़ा,
ना कुछ बुरा-भला कहा था,
हाँ, इतना जरुर बुदबुदाया था वो जाने से पहले
कि शक़ भी रखता है
फिर चला गया |
गया तो... वापस नहीं लौटा |

सालों गुज़र गए इस बात को
उसके ज़िस्म पर बबूल उग आये हैं
आँधी से कोई काँटा चुभे तो ग़म निकलता है
पट्टियां रखने और उतारने में
उसका सारा वक़्त गुज़रता है अब |

~~

गाँव थे उस भरे जंगल के चारों ओर

गाँव थे उस भरे जंगल के चारों ओर
कलाई थामकर जो
भरी बदन वाली छाँव रोक लिया करता था,
वो संगिनी झुके जंगल के साथ बैठकर
मिलकर गाँव की बातें किया करती थी।
धूप आये तो बस जरा-सा और खींचकर पांव को
जंगल के पहलू में सिकुड़ जाती थी छाँव।

पैने लम्बे दांतों वाले आरा-मशीन के झुण्ड ने
आखिरी दरख्तों के कंधे जब खींचकर गिराये थे
बिलस्त-दर-बिलस्त उठकर गयी थी छाँव।

अब कुछ को रोज़गार मिला है, बंधुआ, बच्चा, औरत
मगर तुन्डों के सिरहाने कुपोषित मौसमी बेलें
टेक लगाए तुन्डों पर सर झुकाए ही रहती हैं।
मिमियाने की आवाजें उठती हैं बड़ी आरियों के नीचे-
"गर कोई सर उठा, कलम होगा"।
पेड़ों के तुन्डों पर
रोज़ हवा खुरचकर दर्ज करके जाती है सबके नाम,
कौन कब पैदा हुआ, उनके मरने की तारीख क्या थी।

~~

महोगनी

एक बुज़ुर्ग महोगनी का पेड़ था घर के पीछे
कई पुश्तों को पाल-पोसकर बड़ा किया था उसने
आख़िरी दिनों में
सूखी ख़ुश्क साँसे झाड़कर गिराता रहा था
पत्ते चेहरे पर उड़ाकर गिराये थे तो
एहसास दिलाया था वो अब नहीं रहा।

हमने घर का फर्नीचर बनवाकर
महफ़ूज़ रख लिया है अपने साथ
मंदिर की रेलिंग में भी खड़ा किया है एक हिस्सा।

सब कुछ देखा था मेरे चेहरे पर उस बुज़ुर्ग ने
जब वो मिली थी तब से लेकर
जब तलाक़ की कोर्ट से रजिस्ट्री
लेकर आया था डाकिया।

आज उदास हुआ हूँ जो
सामने टेबल पर नज़्में खोलकर रखी हैं
थककर टेबल पर ही
सर रखकर आँख जब लगी
कई दफा होता है ऐसा-

झोंका एक हवा का कमरे से उठता है
बालो में उंगलियाँ डालकर,
पीठ को सहलाकर
खिड़की से गुज़र जाता है |

टेबल ही में बुज़ुर्ग की रूह रहा करती है |

~~

पीपल

पंछियों के पुरखों की जड़ें
फैली थीं पुराने पीपल पर
खोखा लगाये नीचे जब पनवाड़ी
बनाया करता था क़िमामी पान
कत्था-चूना और ऊपर से किसी चिड़िया की छेर
कभी तो गिरी होगी।
इसी वजह से डिब्बे जैसा खोखा
छेरालाल की दुकान के नाम से मशहूर हुआ था।

अकेला पेड़ पीपल था
उस खाली मैदान में चारों ओर
प्लाट कटेंगे, इमारतें बनेंगीं,
मंदिर भी बनाकर देगा वो लाला,
इसी के नाम पर धड़ से काट रहे हैं पीपल को
आरी के पत्ते और हर एक कुदाल पर
काँव-काँव, चीं-चीं की चीखें निकलती हैं
खून के छींटे गिरे हैं पान की पीकों पर
सब कुछ नॉर्मल चल रहा है,
मगर चेहरे पर क्यूँ
आँखों में नज़रें डाले पंख फड़फड़ा रहा है
ये गर्दन पर छल्ले वाला फ़ाख्ता।

~~

दिल्ली-रिज़

बहुत सालों पहले
जमीं से निकली थी दिल्ली रिज़
आसमाँ में हाथ उठाकर
उड़ते बादलों को रोककर नहाती थी
कभी-कभी कई दिनों तक
सब्ज़ रंगत देखने को
बादल खुद भी ठहरते थे।

कोयल आती थी सुबह-ओ-शाम
रियाज़ करती थी
वहीं कई तोतों से उसकी दोस्ती हुई
बरसों पुराने बाग़ों के राज़ खुले थे
सब अमरूदों के बगीचे में
मिलकर रहने लगे।

धूप की कलाइयों को मुट्ठियों में भरे
कोहरा भी आकर रुकता था
दोनों बातें करते थे तो
पेड़ों ने भी उनसे कई ज़ुबानें सीख ली थीं।

मगर अब वहाँ बेन्चें खाली रहती हैं
वो सारे गीले बोसे

जो कभी खिलखिलाकर महका करते थे
रंग उड़ गया है उनका
सब सूखकर गिर पड़े हैं।

बीमारी-सी रहती है पहाड़ी को
फटे-पुराने चिथड़ों में
खाली बदन जब दिखने लगे
एक पुराना पेड़ फूंकों से पत्ते उड़ाकर
चादर ओढ़ाता रहता है।

बहुत मुर्दा-सी रहती है अब ये रिज़
रात में छुपकर शहर से दूर जाने को उठी थी
एक सड़क ने बीच में आकर पैर फँसाया
मुंह के बल गिरी पड़ी है।
शायद एक बन्दर आएगा
हाथों को उठाये उड़ाकर ले जाएगा उसको
या कोई एम्बुलेंस वाला
हाल देखकर फोन करे तो म्युनिसिपलिटी वाले आयें
क्रेन से टुकड़ों में खींचकर ले जायें पहाड़ी को।

पोल्यूशन का वाइरस लगा था इसे,
अब पूरा शहर सड़न से मर रहा है।

~~

पहाड़ और लेंडमाइंस

चीख रहा है आवाजें देकर
बुलाता है उन्हीं के नाम से जब
मोहब्बत करने वाले घूमने आते थे
पुकारते थे एक-दूसरे के नामों को
हर बार वही पहाड़
सदाओं की गूंजें बनाकर लौटाकर भेजता था
जो दूर के जंगल कभी ख़ुदा तक पहुँचतीं थीं।
उन नामों की सारी आवाजों को सीने में छुपाकर
उसने रख लिया था।

कई लेंडमाइंस बिछाकर गये हैं आज लोग यहाँ
उसी के सामने वाले सबसे बड़े पहाड़ को भी
उड़ा दिया था उन्हीं लोगों ने,
ऊपर चीलों के भूखे बादल मंडरा रहे हैं,
कब से आवाजें दे रहा है
कोई भी बचाने आया नहीं अब तक।

इस आखिरी रात उसको
घूरती लेंडमाइन पर जगना होगा।

~~

पहाड़ियां

माँ-बाप, बड़े, पुरखे
सबकी नसों में बारूद भरकर उड़ाया था
उनकी गोद से लिपटकर झूलती खड़ी
अब उन कच्ची छोटी पहाड़ियों की बारी थी|
जब भी साइज़ नापने को
फीता डालकर जाता है सरकारी मुलाज़िम
कांपते-कांपते ही गुज़रती हैं सबकी रातें,
कब किसका नंबर लगेगा
बिजनिस वालों ने बोली लगाई हैं सबकी|
बता रहा था मुलाज़िम-
"रिसॉर्ट्स की ऊँची चैन बनेंगीं
अक्टूबर से काम शुरु होगा
दिवाली पर इस साल
पहाड़ियों की लड़ियाँ फूट जायेंगीं"|

~~

सूडान राइनो

जमीं पर बने धूप के कैनवास पर
सूडान राइनो* की परछाई बनती है
सर झुकाये सूडान रुककर या घूमकर कभी
कर लिया करता है अपने पुराने साथियो की बातें
थोडा-थोडा ये अक्स उसका राज़दार हो गया है।

एक बार ज़िक्र भी किया था
"मरुँगा तो आओगे ना
तुम हम में से आखरी मर्द हो
मेरे बाद तुम तन्हा रह जाओगे"।
धूप के साथ उतरता है अक्स
हाथ थामे खींच ले जाती है
जब जाती है धूप।

'अल पजेटा कनजर्वेंसी' के
दरवाज़े तक जाकर
अलविदा कहकर लौट आता है।

बादल छाये हैं आज उस पर
दूर की पहाड़ी के पीछे
मगर कैनवास आज भी उतरा है
उसीके साथ वो भी आया होगा।

सुबह से शाम हुई,
आने को बोला था मगर आया नहीं,
जरुर किसी इंसान ने रास्ते में ही
नाक से जीत का बिगुल उतार लिया होगा
वरना वो आता ज़रूर |

~~

** सूडान राइनो उत्तरी श्वेत गेंडे की प्रजाति का आखरी पुरुष प्राणी था जिसे केन्या की अल पजेटा कनजर्वेंसी में संरक्षित किया गया था | लम्बे अरसे के अकेलेपन के बाद सूडान की मृत्यु मार्च 2018 को हुई | ये नज़्म सूडान राइनो के रहते लिखी गई थी|*

जैकी कुत्ता

बस एक बात अच्छी थी पुराने घर की
सफ़ेद ऊन का स्वेटर पहिने दौड़कर आता था
जैकी कुत्ता मेरा पड़ोसी था।

आदमी से ज्यादा होशियार वो
जब खाना पेट से ज्यादा बचता
लॉन में गुल्लक बनायी थी मर्तबान की
पँजों से खुरचकर बचत जितनी हुई
दबा दिया करता था ,
कभी कोई साथी भूखा मिला
तो निकालकर दिया।
सर पे सर, पेट पे पैर रखकर
आराम फरमाते रहता साथ,
दोस्त भी अपनों का पक्का था।

कभी सिनेमा से देर हुई लौटने में
दूर से ही आवाजें देकर बुलाता था।
उस नीम-तारीख सड़क पर बुझी हुई आवाज़ें
अब तक पड़ी सुलगती हैं सड़क के मोड़ों पर।

स्वर्ग गया या नरक?
इंसानों के साथ रहा था
हम सब मिलकर बातें करते हैं।
पूरा महीना गुज़र गया,
पानी चुभकर जाता है और
हलक से खाना उतरता नहीं
जाऊँगा और पंडित से पूछूँगा
"तेरहवां हुआ नहीं है उसका,
कहीं भटकता तो नहीं होगा सड़कों पर
कहीं हम सब पापी तो नहीं"?

~~

पोगो डॉग

नन्हा-सा,
लाल रंग का ऊन का गुल्ला
अजीब तरह के मुँह बनाता
वो बैठती उसके सामने
गोद में लेती
कभी गुल्ले से वो
स्वेटर बुनती होगी
नन्हा-सा।
~~

उस तरफ कोने में

उस तरफ कोने में
छाँव का जो छोटा-सा टप्पा पड़ा था
पेड़ के पेट पर
गहनाहट की आवाज़ से
जो महकता रहा था,
आज खामोशी थी वहाँ।

पंछी जल्दी लौटे थे सारे
दाना-पानी-तिनके सारे
सब कुछ जितना भी था
सबने हल्का-हल्का
उस पेड़ की खोकल में चोंच से डाल दिया
चीं-चीं की आवाजों से भर गया है अब।
हामला था ये पेड़ गिलहरी के पेट से जो
छोटी-सी खोकल में आज
नन्ही-सी गिलहरी का जन्म हुआ है
घर भरा-भरा सा लगता है।
~~

रितिका डबास और शौर्य को।

पेड़ पर घर बनाया करती थीं

पेड़ पर घर बनाया करती थीं
सूखी छाल, हरे-टूटे, पुराने पत्तों से गिलहरियाँ
अगरबत्ती के टुकड़े घर ले आती थीं तो
गुलाब सी महकती थीं।

पर अब सिगरेट के टुर्रे कुतरकर जमा करती हैं
दिनभर प्लास्टिक के तपते खोशों पर
ख़्वाब बिछाने होते हैं
जलन से रातभर नींद नहीं आती अब उनको,
पेड़ से चढ़-उतरकर सारी रात घूमती हैं
टहनियों पर एक अफरा-तफरी सी मच जाती है,
पाँव अब ज़रा और भी सख़्त हो गये हैं उनके,
शहरीकरण हो रहा है शहर में गिलहरियों के गाँव का।

~~

मदर-अर्थ

ये कितना ज़ुल्म ढाते हो
तुम सब के सब मिले हुए हो
ख़ुद की आपसी रंजिशें पाली हों कितनी भी
मेरे ऊपर तो सब मिलकर आते हो
हवायें झुलसायीं, चाँदी के शफ्फाफ मांग के टीके उतारे
पिघलकर ऐसे बहे हैं ऊंची पेशानी से
ख़रोंचें पूरे ज़िस्म पर आई हैं।

मैं सहेजकर तराशती थी जिन्हें हवा,पानी,धूप से
भुरभुरे उन नाखूनों को खींचकर तोड़ा
दर्द में चीख़ें गिराती रही थी किनारों पर,
बड़ी-बड़ी मशीन लाकर सब्ज़ ज़ुल्फें जड़ों से उखाड़ी
और ईंधन में जलाते रहे तुम,
मेरी रवानी को भी बांधकर बाँध का कुआँ बनाया,
नसों से इतना पानी खींचा है
अब गला भी ख़ुश्क रहता है।

अब ज़लज़ला लाकर
ख़ुद ही चीर लूँगी हाथ-पाँव, रुख़्सारों को
कांपूगी तो पूरे ज़िस्म पर लक़ीरें खींच लूँगी
तुम डरोगे तब ही दूर रहोगे, तुम सब के सब मिले हुए हो।

~~

बॉम्बे के सामने दिनभर

बॉम्बे के सामने दिनभर
समंदर मुँह से झाग उग़लकर
किनारों पर फेंका करता है
ये किसने ज़हर घोला है पानी में?
लाइटहाउस की रौशनी झागों पर गिरे तो
आँखें चुंधिया जाती हैं
मलते-मलते पलकें सब चूर हो जाते हैं
फिर से कुछ लहरें स्वीपर के जैसे
ज़हरीले झाग जमा करती हैं
हर सुबह रिसॉर्ट्स के कुछ लोग
भरे हुए ट्रक खाली करके जाते हैं,
समंदर अपनी कोख़ से पैदा करता है लहरें
लम्बे रास्ते तक कई ट्रक उठाकर चलने में
रीढ़ टूट जाए तो
किनारों पर गिरकर दम तोड़ देती हैं लहरें
बिखरी हुई लाशों को
समंदर खींचता रहता है अपनी ओर।

~~

होटल ताज़ के सामने

होटल ताज़ के सामने भरा समंदर
जब हिल-डुलकर पींगें खाता है
बड़ी सार्क मछली की तरह उड़कर
चलती सड़क पर नज़र गड़ाये
एक आवारा लहर का भी मन करता है-
'लोग जैसे समंदर की सैर पर आते हैं
कोई राही शीशा खोलकर गाड़ी का
कुत्ते के पास बैठाकर
उसको भी शहर घुमाए'।

आख़िर लहर उठकर बरसती है
लोगों से लिपटकर चूर हो जाती है।

~~

ताज़

कोई बच्चा जाकर पीपनी बजाये
और इत्तेलाह कर दे शाहजहाँ को
कि वो नमाज़ी-जैसा जो घुटनों के बल सजदे में है
उस ताज का रंग उतर गया है, पीला पडने लगा है।

उसकी अस्मत को नंगा कर दिया गया
चुन-चुनकर ज़हाजों में
जिस्म के हीरे-पन्ने नोंचकर ले गये।

हर साल कुछ राज़-मिस्त्री ज़ख्मों पर
मिट्टी के फाये भरकर जाते हैं
ना सुबकता है, रोता भी नहीं
बादशाह उसके दिल में बसता है
तो ताज़ बड़े दिलवाला है।

कई दुशाले और चादरें जो ओढ़ाई थीं
कि जिनकी पगड़ी बांधकर सर पे
बड़ा एक गुम्बद पहिनाया था
अब कोई चादर बची नहीं,
जो अबके पगड़ी गिरी
सर झुकेगा सारे हिन्दोस्तां का।

~~

कई बड़े नेताओं से

कई बड़े नेताओं से मिलकर
पता लगाकर आये थे
गवाह और सबूत ना मिलें
और पोस्टमार्टम में कुछ भी ना आये
या फिर हो ऐसा कि
दिखला दो खुदकशी है।

तब से मिलकर इंडस्ट्री वाले
ज़हर पिला रहे हैं नदियों को
कोर्ट में मिलकर कहेंगे
"पाप पीने से मरी थीं"।

~~

घुटनों को सीने से लगाए बैठा

घुटनों को सीने से लगाए बैठा
वो घड़ा गले तक भरे आदमी की तरह
छलकता है हर हुफ़्की पर
आँसू का हर घूँट टपकता है कलेज़े से,
ना जाने कहाँ से इसमें
सिसकियाँ भर आती हैं
हर शाम पानी उतर आता है।
कहने-सुनने वाले बताते हैं-
"रोज़ जाता था, मिलता था
इश्क़ हुआ था उसको भी
वही साड़ी में लिपटी हुई कमसिन नदी
रोज़ आकर बैठती है उसके सीने में"।

~~

सूखी घाटी

सूखी घाटी
नदी बनकर
मुझसे मिल नहीं सकती
वो रेत में डुबकी लगाकर
खो चुकी है
मैं रोज़ तूफ़ान उठाऊँगा
उछलकर ज्वार गिराऊँगा
मगर वो भरेगी नहीं,
एक दलदल बनेगा
मैं सर तक डूबा फंसा रहूँगा
समंदर दलदल कहलाया जायेगा |

~~

किनारों पर बैठकर

किनारों पर बैठकर अंदाज़े से सब
अपने-अपने जाल खोलते हैं
मुन्तज़िर हो जो शिद्दत से सदियों तक
सामने आकर गिरेगी,
उसी की पेशानी को चूमकर सितारा देगी
भीगी हुई नदी की अप्सरा,
दो शाख़ें आग़ोश में बाहें डाले
दूर जाते, फिर नदी में ओझल होते दिखेंगे दोनों।

~~

ये कायनात

ये कायनात यूँही नहीं बसी होगी
तूने कहकशां में नहाकर
छिटका होगा भीगी ज़ुल्फों को
और तब उगाई होगी
ये सितारों की फसल आढी-तिरछी कतारों में।

सुलझाते हुये ज़ुल्फों को
जब लुढ़क आये होंगे
उलझे हुये दो पानी के कतरे
तेरे संदली गालों पे
एक पूरब से हर रोज़ उगने लगा,
दूसरा चाँद बनकर रातभर दूधिया थाली में
ठंडी तासीर परोसता रहता है।

मगर तू अनजान है अपने गेशुयों की जादूगरी से
जो फिर उड़ चले हैं काला जादू करने
अबके बयार में,
मैं देखता हूँ तेरी हौले-हौले उड़ती ज़ुल्फें
और मुझमें बसती एक नयी ज़िन्दगी।

अब यकीं-सा हो चला है
ये कायनात भी यूँ ही बसी होगी
तूने कहकशां में नहाकर
छिटका होगा भीगी ज़ुल्फों को।

~~

कुछ सीढ़ियों बाद

कुछ सीढ़ियों बाद ही तो दिखता है आसमाँ
सात सितारे जड़े हुए हैं जिसपे
वो तुम्हारी पायल छूटी थी क्या वहाँ?
जल्दी रात को देखा तो ठीक छत के ऊपर नज़र में थी
रात भर पायल छत के चारों-ओर
नींद में चक्कर लगाये घूमती रही
और मैं था कि पायल के बुंदों से बंधा
फैले ब्रह्माण्ड में किसी प्लानेट की तरह
लुढ़कता हुआ,
उड़ता हुआ,
आवारा हुआ।

~~

किसी बर्फ़ानी बादल को

किसी बर्फ़ानी बादल को उचककर छुआ था
उंगलियों पर देखो बर्फ की पपड़ी जम गयी है
फिर से छूओगी ऐसे ही
बर्फ़ीले मुकुट पहिने
पंचमुखी पहाड़ियां दांयें-बांयें
बीच में चाँद आँखें खोले बैठा होगा गोद में।

आओ मैं नेल-पोलिश कर देता हूँ
पहाड़ों के लोग सीधे होते हैं
लाल-बर्फ़ देखेंगे तो फूल चढ़ेंगे
वहाँ एक और मंदिर बनेगा।

~~

आसमाँ से दूर

आसमाँ से दूर
जमीं पे एक और आसमां बनता है
जब तेरी छत पे छिटक जाती हैं
जलती हुई मोमबत्तियां सितारों सी,
चंदा तुझे शक की नज़र से देखता है
वो तेरे हाथों का हुनर जानता होगा।

इधर,
मैं सफ़ेद पंखों वाले घोड़े पर सवार
उड़ा जा रहा हूँ
सुना है पहाड़ी के उस पार
एक सितारा टूटा था।

सोचता हूँ , तू जोड़ देगी
सितारे का टुटा हुआ सिरा बगैर किसी बाकी निशाँ के,
मैं तेरे हाथों का हुनर जानता हूँ।

चरागों को रखकर कतार में
तूने तय किया है कहकशां का रास्ता
जो बही चली जाती है बीच में
आसमां के एक छोर से दूसरे तक।

मन करता है
अगली दफा जब दिवाली आये
तू एक कैद झील के किनारों पर
चरागों को रखकर रास्ता दिखाये
और लेती आये मेरे घर तक।

ज्यों ही
घर के दरवाज़े पर कदम रखे
कोई पिछले साल की
अधजली फुलझड़ी फिर से जल जाये
और छिटक जायें सारे सितारे
मेरे घर के आँगन में भी।

~~

आसमाँ पे चाँद

आसमाँ पे चाँद गहरी साँस-सी
लम्बी बालियाँ पहिनकर आता है,
हिल-डुलकर छनकाकर बालियाँ
बादलों को खनकाकर रोज़ निकलता है
अबकी बार कोई आवारा बादल
अज़नबी की तरह जाकर
बातों में लगाकर चाँद को
चोरी कर ले एक बाली और रख ले
उसे बारिश के तरन्नुम में छपाकों पर बजाता रहे
चाँद को कुछ पता भी ना चले।
~~

बड़ा इतराता फिरता है

बड़ा इतराता फिरता है अनार
दियासलाई दिखलाओ तो सारे जुगनू उड़ाता है
कुछ हामला भी हैं इनमें, मिलकर कुछ दूरी पर
फिर से चटकारों की लड़ियों में निकला करते हैं |

आसमाँ पर घूमने जाऊँ, बड़े गुरुर वाला है आसमाँ
छोटे-छोटे कई अनारों का लड्डू बनाकर
उल्का फेंककर दिखलाता है,
बरसों बड़ा है मुझसे ये आसमाँ |

उतरकर जब बम्बैया सितारों पर गया
एक बुढ़िया मिली थी, वाकिफ़ थी मेरी
सारे के सारे उसने अपने बत्तीस अनार गिरा दिए हैं
अब पोपले मुंह से गुड़-गुड़ करती हँसती है |

मैं तो अब भी ये सारे बिख़रे हुए
उल्का, अनार और सितारे जमा करता हूँ
चमकीले ब्रह्माण्ड सी लगती है
पिटारे में रखी नज़्म की क़िताब,
खोलूँ अगर कोई दियासलाई दिखलाये
तो सोचो कितने आसमाँ छिटकेंगे !

~~

वक़्त कभी खाली मिलेगा

वक़्त कभी खाली मिलेगा जानां
मैं एक आसमाँ बुनूँगा
नीली आँख के पानी जैसा हल्का आसमानी |

सूरज पिघलाकर
ज़रदोज़ी में छोटी-छोटी कई सुनहरे सितारों की
ढेरियाँ जमा करूँगा तो जरा संभालकर,
ऊँगली ना जल जाये कहीं
या चुभें ना नुकीली किनारियाँ |

गोल गले वाले आसमाँ के नीचे बांयी तरफ
बांका चाँद टांककर
स्वेटर के धागे को सुई में भरकर
बारीक गिरह बनाऊंगा तो
आसमाँ पक्का होगा |

रेशम का वो धागा जीभ से भिगोकर,
दाँतो में दबाये खींचकर तोड़ दूंगा
तुम वो आसमाँ किसी दूसरे
प्लानेट पर जाकर पहिनना,

पृथ्वी से दूर दूरबीन से
जब एक नया आसमाँ देखेंगे
वहाँ कोई तो बसने आएगा,
नज़र और दुआ में हाथ उठाये लोग
तुम्हें उस सय्यारे का ख़ुदा समझेंगे।

~~

तिलिस्म-जदा फूटते रहस्यों पर

तिलिस्म-जदा फूटते रहस्यों पर पाँव रखकर
मैंने कितने युग पार किये हैं
वहाँ ख़लिश में खड़ी एक सय्यारे पर
मुझे तुम भी तन्हा-सी लगी थीं
जो मैं ना मुड़कर देखता तुम्हें तो शायद
ये भी मुमकिन था कि मैं भी आदम हो सकता,
मगर ये हो ना सका
जो तुम भी घूमते सितारे से उतरतीं,
हाथ बढ़ातीं और कहकशां की चादर पर
हम सिलवटें बनाते तो कभी संवारते |

कई युग बीते
तुम अब भी बुत नज़र आती हो मगर
तुम्हारी गहरी नाभि पर होंठ रखकर
मैं जीभ से समय का चक्र निगल गया हूँ |

~~

जैसे हर वक़्त जमाई लेता है

जैसे हर वक़्त जमाई लेता है
आसमाँ मुंह खोले ही रहता है,
क्षितिज पर गालों को बंद किये
पूरे का पूरा ब्रह्माण्ड उड़ता है इसमें |
जीभ पर नीला झूमता एक छल्ला
इसके दांतों ने अपनी सूली पर चढ़ाया है मुझको,
कभी कोई हिस्सा टूटता है
निवाले से कांच का टुकड़ा उगल देता है आसमाँ |

कब से जलता रहा हूँ मैं,
बुझूंगा जब
अपनी नाभि में नीले छल्ले को
और खींचकर ले जाऊँगा तुम्हें भी |

~~

चाँदी झड़ी थी चाँद से

चाँदी झड़ी थी चाँद से कल रातभर
खिंजा ना जाने कहाँ से
आसमाँ पर बेमौसम ही रही
छोटे-से फिर एक बादल को पास बुलाकर
हाथ भिगोये, बुलबुलों से उछाले कंगन
कोहनी तक उसी टब में डूबी खड़ी रही।

टप-टप टप्पे खाती छत और धरती पर
बाकी की कुछ चाँदी पेड़ों में भरती रही
जैसे जेवर भर लेते हों
तुम्हें गले और बाहों तक
जब आसमाँ खुला
तो सब की सब चांदी
नग-नग पिघलती रही
बहती रही।

दिन आता है तो चाँदी उतारकर
कुंदन पहनाकर जाता है,
हर वक़्त एक ही वर्क भी तो पहना नहीं जाता।

~~

जाड़ों की ठंड में ठिठुरकर

जाड़ों की ठंड में ठिठुरकर
बहता है हवा के झोंकों में रातभर
तो जम जाता है चाँद,
गर्माहट हो बदन को
तीलियाँ माचिस की जलाकर फेंकता है
नासमझों को समझ क्या
वो समझे हैं टूटकर सितारा गिरा है
चाँद बर्फ़ का है।

~~

कल रात दरवाज़े तक

कल रात दरवाज़े तक उतर आया था
ठंडी चांदनी की तासीर रगों में बहकर
रोशन कर रही है पूरे बदन को अब तक।
रोज़ झीने से होकर
दरवाज़े पर आया करे चाँद
मैं लौ बनकर दौड़ता फिरूँ सड़कों पर,
उफ्फ... सरसराहट-सी होती है
जिस्म में इस ख़याल से।

~~

अब देखना नीला पड़ेगा चाँद

अब देखना नीला पड़ेगा चाँद
मेरी साँसों को कानों में पहिना है उसने
साँसों में मेरी सांप रहते हैं |

सीने में छुपे सांप
सरकते हैं उसके कानों की ओर
ढूँढते हैं झुण्ड से गुमशुदा दो साँसों का पता
ज़हर हर दिन उसको बढ़ता ही जाता है |
वो पहिने मेरी साँसें
मैं होठों से ज़हर उतारता रहूँ
ग़र बढ़ता गया ज़हर
वो इच्छादारी बनेगा
उन दो साँपों में मणियाँ हैं |

~~

ब्लू मून

जाने कौन चाँद पर होली खेला करता है
बुढ़िया जो रहती थी वहाँ
बचपन में दादी बताया करती थी ना
झुकी कमर थी उसकी
चरखे की लचक से रेशम कातकर
पैरहन बुनती रहती थी।
आज फिर सफ़ेद साड़ी बुनी है
आज फिर से उसको नील में डुबोकर
वो चाँद पर सूखने टाँगेगी।
हर तरफ यही शोर उठा है ब्रह्माण्ड में चारों ओर
"आज फिर से चाँद नीला होगा"।

~~

चाय की सफ़ेद प्याली

चाय की सफ़ेद प्याली में
मिश्री के क्यूब्स मिलाये
चाँद की तस्तरी पर रखकर
कई बार तेरे तसब्बुर के घूँट पिए
रौशनी का एक घेरा छा गया है चारों ओर,
ट्रे पर गोल चेहरे वाला एक बिस्कुट
रोज़ मुझे मुस्कुराकर देखा करता है |

~~

मिसाइल्स फेंकता रहता है

मिसाइल्स फेंकता रहता है
आसमाँ मुझ पर,
ये उल्का कुछ दूरी से दूर रह जाते हैं
और गूंगी पड़ जाती है रौशनी,
गुस्से में गलती करेगा अब...
चाँद फेंकेगा !

~~

डाकघर की मुहर देखी

डाकघर की मुहर देखी चेहरे पर
साबित हुआ एक लिफ़ाफ़ा है चाँद
गुफ्तगू भरकर गालों में
सारे ख़त पहुंचाता है
खुद भी जगता है
उलझाता है उसको भी
खतों के जवाबों में रात भर|

निकला नहीं अमावस को
आयेगा तो साजिश भरा ख़त लाएगा इस बार
दरवाज़े, खिड़कियाँ सारी बंद करो
परदे गिराकर और निगरानी रखो
भाग ना जाये वो लिफ़ाफ़ा आते ही|

~~

सबकी सवारी है नाव

सबकी सवारी है नाव
जो भी आया चाँद पर बैठ गया
मौसम लेकर आये थे छाते, तकिये, बिस्तर
हवाओं में उड़कर गिरे हैं सारे
जैसे कागज़ से फिसलकर नज़्म
झोकों में गिरती रहे।
नाव पर जितने भी थे
सब के सब हरजाई निकले
सवारियाँ लोबानी धुंए से उठकर
हवा में घुल गयी हैं सारी,
भ्रम का बेईमान चाँद
कीचड़ में मुँह दबाये पड़ा है।
क्यों ना फिर-से एक और भ्रम बनाया जाये
टूटने की आवाज़ पर
और भी जल्दी आया करती हैं नज्में।

~~

अब ख़ला के सिवा कुछ नहीं

अब ख़ला के सिवा कुछ नहीं
ये बुलबुला तैरता हुआ ख़लिश से उतरा था
जिसकी सतहों को हर किसी ने अपने ही ढंग से रंगा
अब आकर भर लिया करता है अपनी कोख़ में
ना कोई ज़ुम्बिस होती है ख़यालों में
ना ज़िस्म का वज़न महसूस होता है
तेरी ज़ुदाई को साल गुज़र गया
कुछ वक़्त और पालेगा अपनी कोख़ में
फिर ये बुलबुला किसी कोने में फेंकेगा
या कोई ख़लिश हाथ बढ़ाकर भर लेगी बाहों में,
इसी खला में ही क़ायनात जन्मी थी
यही फिर से पैदा करेगी
सय्यारे बदलते रहेंगे शायद |

~~

छाँव के बीच

छाँव के बीच रोशनदानों से
पत्तों पर पाँव रखकर उतरती है
बस कुछ देर ही ठहरती है अब
छिदरी-छिदरी जाड़ों की ज़रा सी धूप
बाज़ार में धूप की बत्तियां जो मिलतीं अगर
जलाकर ओढ़ लेते
गुनगुनाती,
सुगबुगाती,
बस ज़रा सी धूप।
~~

देर तक खेलते रहे

देर तक खेलते रहे चाँद और सूरज
दुकान के पीछे नुक्कड़ वाले ग्राउंड में
सूरज ने जब चाँद की आँखों पर टॉर्च लगाई
झट से चाँद ने अपनी कलाई उठाई
और आँखों पे लगा ली
सूरज का दांव खाली।

बाज़ी पलटी
बारी थी अब चाँद की,
चाँद ने चेहरा उठाकर जाने कैसे देखा
बस पूछो मत
शर्म के मारे,
तड़पकर सूरज,
शाम तक जलता रहा।

~~

सूरज भी तो

सूरज भी तो घोड़ों पर उतर आया था
गंगा-स्नान को जब काशी गयी थीं तुम
नाव में बैठे-बैठे नहीं देखा था क्या
साहिल पर कैसे चमककर धूल आईना बनी थी।

क्या नहीं देखा था जब सूरज
घोड़ों को किनारों पे बांधकर
पानी में सितारा-मछली बनकर
मांझी की पतवार की हथेली के पास
छपाकों से भीगकर तैरता रहा
तुम्हारी नाव के साथ।

कौन-सा असली?
कौन-सा नकली?
दाँतों में ऊँगली दबाये नदी में सूरज के अक्स को
तो कभी तुम आकाश में देखती रहीं,
मैं दूर बैठा तुम्हें देखकर
रेत पर जादू काढ़ता रहा।

~~

काँच का कोई प्लानेट

काँच का कोई प्लानेट
काश!! घूमता हुआ जमीं के
नज़दीक से गुज़रे कभी,
उसके आईने में तुम दिख जाओ मुझे
दर-ब-दर भटकते पांवों में आकर
जंजीरें मेरा रास्ता रोक लें,
बड़ा जी है तुम्हें एक "हाय" कहने का
हाये! इस सुकून का वज़न बहुत भारी है |

~~

उँगलियों से छूटकर

उँगलियों से छूटकर गिर रही है सिगरेट,
ग्रेविटी के हाथों से
एक उल्का फिसला है अभी,
खुले मुँह से आसमाँ, प्लानेट्स और
सर उठाये लोग देख रहे हैं,
पूरा सिगरेट-केस बाकी है
सर्कस में जाने आगे क्या होगा !

~~

जब कभी

जब कभी
पार्क में अकेला बैठ
ख़्यालों में उससे करता हूँ
वो हंसती है मेरी बात पे
कभी जिद करती है दूधिया चाँद की,
कहती है-
"आधा मेरा, आधा तुम्हारा" |
उसमे बचपना है
कमसिन है
वो नासमझ मगर बहुत है |

और मैं
उसके आग़ोश में ग़ुम
हर बात पर 'हाँ' कहता बेफिक्र
इस बात से अनजान कि
अबके ईद पे चाँद नहीं निकलेगा फ़लक पर |
~~

घना कोहरा है

घना कोहरा है
जैसे तन्हाई घेरे रहती है मुझे दूर तक
अँधेरे कोहरे में क़दम रखूँ
बस जुगनुओं की रुहें ही
टिमटिमाती दिखती हैं ,
रात का काला आसमाँ है कोहरा
फ़लक के उस तरफ जाना होगा
कोहरे के उस पार तुम रहा करती हो |

~~

जैसे बरसने के बाद

जैसे बरसने के बाद
रास्ते पर भूल जाये बारिश अपनी एक पायल
ऐसे ही कभी तुम मिलो मुझे अकेले
जब कोई साथ ना हो
सिर्फ एक रास्ता हमसफ़र हो |

डर मुझको ये-
ग़र मयकश आँखों के तिलिस्म
खुलकर बिखर गये फिज़ा में
सारे राज़ सरेआम कर उड़ेंगी
गुमनाम ये तितलियाँ बदनाम हैं |
परियों के घर से हो
ये शहर तितलियों का है
जरा फ़ासले से चला करो |

~~

काले-काले बदन के

काले-काले बदन के बादलों का
पूरा जत्था निकला है
विरला सतरंगी धनुष उठाकर लाये हैं
आसमाँ में घुसपैठ हुई है।

ठोकरें लगती रहीं
दिनभर सूरज को धनुष पर चढ़कर उतरना पड़ा
आज का दिन हर पहर कुछ बढ़ा ही रहा
किरणों के छूटे हुए पसीने से बादल भरते रहे
आज बाली बने हैं बादल।
अभी दिन बाकी है,
एक आखरी किरण प्रत्यंचा पर उलझी चढ़ी है
डूबा नहीं सूरज, बस अब भी लड़खड़ाता डूबने को
तुमने राम की तरह छलावा किया
गले में कसा नेकलेस ढीला किया
किरण झट से छूटी, कोंधकर निकली
पेट फट गया बाली का
गुल्लक फूट गयी।

दिल्ली में दिन ढ़ले की बारिश।

~~

बरसाती मौसम का पाँव

बरसाती मौसम का पाँव भारी-सा रहता है
बूंदों में बादल के ज़र्रे फुदकते हैं
जैसे हर लम्हे में तुम समाई हुई दिन-रात
क़ायनात और वक़्त बनाती हो |

हरारत रहती है हवाओं को
तालाब की तरह ऊंघती हैं
और नमकीन जिस्म से सीलन यूँ टपकती है
कि जैसे दीवारों पर सावन बहता है |

शाम से ही कर्पूर की बत्तियों में
मिलकर डिप्रेशन जल उठता है
चाँदी का धुआँ जगमगाता है रात भर
इस खुशबू में कोई लम्हा जब
चूम लेता है पेशानी को
एक बुलबुला टप्प-से फूटकर गिरता है
कागज़ पर नए नवेले
भरे हुए एक चाँद का जन्म होता है |

~~

कभी-कभी होता है

कभी-कभी होता है
शीशों में मढ़े बादल का पानी बनकर
मैं कई दिन डूबा रहता हूँ
उड़कर गिरते उल्का नज़र आते हैं बाहर,
बस ज़रा-ज़रा सा बाल-बाल बचकर
कोई न कोई रौशन पत्थर आकर गिर ही जाता है
छलकते बादल से नींद भी खुल जाती है,
कई दिनों तक इस ख़्वाब की ठंडक से
नज़ला लगा रहता है मुझको।

कोई बरसाती जाड़ों का मौसम था
जो आकर बैठा रहता है ख़्वाबों में।

~~

एक बूँद ज़िन्दगी

एक उजाले की बूँद गिरी
और कश्तियों के बादबाँ पर कमल खिले
हिलती-डुलती उन पंखुड़ियों पर गिरी है
एक बूँद ज़िन्दगी
एक बूँद प्यास
आधी बूँद का समंदर
आधी बूँद वो नदी।

~~

नज़्म अधूरी बनी है

नज़्म अधूरी बनी है,
कोई जगह खाली नहीं सफहे पर
एक सांस की गुंजाइश तक नहीं,
नया कागज़ खीचूँ
फिसल जायेगी हवा में
गुब्बारे की गोल टिप्पी की आवाज़ गिरेगी
एक लौ ख़ुशबू की चमकेगी बस।

~~

दिन ढ़लता हुआ

दिन ढ़लता हुआ
अन्धकार उगता हुआ
कैंटीन की छत पर
बल्ब की फक्क पीली रौशनी
ह्रदय मेरा अवसाद-ग्रस्त,
और अब...
एक और अधूरी कविता|

~~

छटपटाहट हो रही है

छटपटाहट हो रही है नज़्मों के चिट्ठे में
कान लगाकर देखो तो सरसराहट सुनाई देती है
कोई पेट के बल सरककर काली रात में
आँखें मलकर अपने बिल के बाहर
आने की फ़िराक में लगता है,
सफ़हे अपनी जगहों से खिसके पड़े हैं,
ये नज़्म पूरी हो तो देखूँ
बाहर निकलेगा कौन?

धुंए में घिरी हुई जो तुम निकली
मैं कोई तांत्रिक–नज़्म पढ़कर
माथे के छींटे उतारकर फेंकूंगा तुम पर,
देखना फिर
उस हातिमताई फिल्म की
तिलिस्मी बोतल में भरकर
क़ैद हो जाओगी तुम।

नज़्म पूरी हुई, आता-आता सा रह गया
वो निकला नहीं बाहर।

~~

बस एक बार

बस एक बार जब लौ
कंपकंपाती झुके
और वापस चिराग का माथा उठे,
बैठे हुए यूँहीं जब तुम्हें बेचैनी लगे
मन बेवज़ह उदास होने लगे,
शेरू कुत्ता जब रूहानी क़दमों की महक का पीछा करते
हॉल से दरवाज़े तक दौड़ता भागे,
यूँहीं चलते हुए जब साड़ी का पल्लू
क्यारी में उलझे,
काजल लगाते हुए कोहनी को छूकर जब गुज़रे हवा
लगे कि कोई गुज़रा,
या कभी जल्दी शाम को खिड़की के उस तरफ
कोहरे का एक गुबार काँच पर छाया रहे
तुम कॉफ़ी-मग रखकर वो शीशा साफ़ करने उठो
लेकिन वहां कुछ भी ना हो,
तो समझना वो आया था
तुम्हें देखा और गुज़र गया।

~~

अजंता की दीवारों से

अजंता की दीवारों से
निकलती हैं परछाइयाँ
और दाख़िल होकर मेरे कमरे में
दीवारों पर लेटी रहती हैं
हाथ पटकती हैं ज़मीं पर,
रातभर उनके साये के
खौफज़दा ख़्वाब आते हैं मुझको |

कोई था क्या कि जिसने
ज़िन्दा ही चिनवा दिया उनको दीवारों में
या... कोई तमन्ना थी जो
मुक़म्मल हुई नहीं उनकी?
नाम भी क्या थे?

सुबह हर रोज़ फ़र्श पर
गिरी हुई चीख़ें रह जाती हैं,
पूरा दिन कमरे से चीख़ें साफ़ करनी होती हैं
रातभर भरे कब्रिस्तान में सोना होता है मुझको |

~~

कोहरे की रात में

कोहरे की रात में एक बड़ा-सा उगता चाँद
झूलते हुए उड़ती चमगादड़ की बस्तियाँ
पुराने सूखे पेड़ पर बैठी चील
सूखे कीकर और काँटो पर झींगुरों की टीश
सुलगती चिता की ख़ाक से उठता धुआँ
और अँधेरे के पीछे से उठती बीन की धुन,
आज कई सपेरों ने मढ़ी निकालकर
मार डाला था नागिन को।

सुनते हैं,
नाग के टैटू वाला जो शायर था
वो भी मरा है शहर में।

~~

हाईवे

तुम्हीं ने कहा था
"आँखों पर सीट-बेल्ट बांधकर देखेंगे
इस पहाड़ी से छलांग लगाकर
देखेंगे किस सय्यारे पर उड़ेगी कार"।

पूरी क़ायनात उड़कर देखते लौटा हूँ
ये कैसे कुदरती साउंड-प्रूफ शीशे
मढ़ गये हैं कानों पर
कैसे ये मैं तुमसे और मोटरें हाईवे की मुझसे
आर-पार गुज़र रही हैं
मैं भी और तुम भी वहीं हो मगर
मेरी ही शक्ल की लाश में
ये कौन है जो पहाड़ी के नीचे ख़ाई में पड़ा है,
कहीं तुम पहाड़ी पर ही
कार की खिड़की से उतरी तो नहीं गयीं थीं ना ?

~~

किनारों से खींचकर

किनारों से खींचकर समंदर में उतारा था
सार्क की लगाम खींचे, मुझे बैठाकर पीछे
तुम गहरे पानी में ले उड़ीं थीं।
अब वही मछली बीच पर फिर से आकर बैठी है
हाथों को उछाले उँगलियों में टिकिट फँसाकर लोग
अपनी बारी के इंतज़ार में हैं।

ऐसे ही उस सर्कस में उतरा था मैं
बिना टिकिट और कोई पास लिए
नीले-पानी की सज़ा हुई तो
लाश देकर ही रूह छूटी थी।

बीच से दूर,
हंस की गर्दन पर खड़ी चट्टान पे बैठी मेरी रूह
उन लोगों को देखा करती है
मगर ये कौन है जो हाथ उठाये जल्दी में है
कोई टिकिट और ना ही पास है उँगलियों में।

क्या ये भी नहीं लौटेगा सर्कस से ?
रूह तो उसकी जरुर लौटेगी , तब ही पूछ लूँगा
कोई भली मल्लिका हो पानी में
शायद क़त्ल से पहले बता बैठे
पानी में दफन किया था या...
जमी बर्फ की दीवार पर लटका कर छोड़ दिया है मुझको ?
~~

सेट

शाम तक ना जाने किस सोच में रहा
सूरज डूबते ही घर से निकला वो |
बड़ी फूलों की दूकान से
लिली और चमेली के इम्पोर्टेड गुलदस्ते लाया
उनसे सजाया था किराए का कमरा |

इत्र की खुशबू छिड़की भी बूँद-बूँद
अन्दर दाख़िल होकर चांदनी फ़ैल रही थी
और चाँद था कि खिड़की के फ्रेम के बाहर तरसता रहा,
वहाँ माशूका की तस्वीरें भी लटकाई थीं
मोमबत्तियां रखी थीं हर तरफ
और उठने से पहले सज़दा किया था,
फिल्म का उसने एक सेट-सा बनाया था |

पोस्ट-मोर्टम रिपोर्ट में बस इतना ही लिखा है
गले की हड्डी टूटने से मरा है |

कोई फ़ितूर था जो पल रहा था उसमें
दिनभर सेंध लगाए बैठा रहा
शाम को वही निकला था सड़क पर
हाँ, फ़ितूर ही था जो मरा है फ़िल्मी एक सेट पर |

~~

कफ़न

जब भी पहिना है मैंने इश्क़
कफ़न पहना है,
ये हैं सस्ते लिबास
जो जाते हुए कच्चे रंग छोड़ जाते हैं
कुछ पक्के चकत्ते रह जाते हैं उनके
जो सुबह-शाम धुलने से भी जाते नहीं।
मैं उसी लिबास को
हर बार इस्त्री करके पहिन लिया करता हूँ
एक ये तेरा नारंगी रंग है जो मुझसे मिटता नहीं
सुबह से शाम हुई
ये धब्बा मुझको छलावे देता
गिरगिट की टकटकी लगाये देख रहा है अब तक,
नब्ज़ है कि आँखों में आकर रुकी है।

~~

ओवरब्रिज पर

ड्राइव करते हुए ओवरब्रिज से गुज़रा
नीचे कई गहरे तल्ले थे
शीशे में वालपेपर की तरह नज़र आई थीं तुम।
ओवरब्रिज के किनारों पर
एक रेलिंग थी कि जिसको पार करके
तल्लों गहरे कुंए में डूबकर मैं तुमसे मिल सकता
पहियों में कसी वक़्त की दो आगे की घिरनी
लटके हुए घूमती रहीं।

ड्राइविंग–सीट पर बैठे मैं बेवस रहा
बाहर के शीशों पर कुछ बूँदें भी गिरने लगीं
धुलती बारिश में हवा, मिट्टी और मन मेरा
मिलकर धुलते रहे ,
टंगा हुआ वॉलपेपर भीगा और छूटकर बह गया।
सारी बंदिशें तोड़कर क्यूँ ना वक़्त उस शाम
चार-पहियों से कुंए में कूद गया था?
~~

ज़िन्दगी बेदख़ल सी रहा करती है

ज़िन्दगी बेदख़ल सी रहा करती है यहाँ
इस एक ख़याल को अन्गुस्तरी में पहिनो
तो कोई सवेरा नहीं होता,
बाहों से लिपटी खून पीती होती हैं दोपहरें
जिन पर दौड़कर उड़ती हुई नन्ही-सी
हर शाम पकड़नी होती है|

तुम्हारी रूह भी तो उड़ती गुज़रेगी
किसी रात अचानक तेज़ पल भर की रौशनी
खिड़की के कांच पर चटकी दो लकीरें खिंचेगीं
अँधेरा फैला हुआ अनंत तक
शायद वो सवेरा होगा
यहाँ दिन और रातों पर
लिपटे हुए ज़हरीले साँपों की जीभें मचला करती हैं
मैं अपने ही फन से ख़ुद को डसता हूँ यहाँ|

~~

ज़िन्दा ज़ला दो

ज़िन्दा ज़ला दो इन सारे मौसमों को
बात याद रहे मगर कि जब
धूं-धूं कर जलने लगें तो बारिश छिड़कना
देर तक सुलगेंगे मरने से पहले
इन ग़मों के मौसमों को मैं
दम घोंटकर मारना चाहता हूँ।

ये जाड़ों का मौसम हामला है
कोहरे की कोख़ में जो बिलबिलाता है
बाहर आयेगा तो खून चूसकर बड़ा होगा
इसे ज्यादा लकड़ियों में दफ़न करना,
ज्यादा डरावने होते हैं नये पैदा होते ग़म।

~~

रुहें भटकती हैं

रुहें भटकती हैं इंसानों में
फिर से जन्म लेती हैं
ऐसी ही एक रुह
पाँव पे पाँव रखकर
आर-पार गुज़री बुत से
पत्थर से इंसान किया
वापस पत्थर कर गयी,
अपनी मुक्ति को आई थी वो !
~~

कुछ तेज़ आवाज़ें उठी थीं

कुछ तेज़ आवाज़ें उठी थीं
पेपर-वेट रख दिया जिन पर,
गले में जमा हो गयीं हैं,
सांस लेना भी दुश्वार है|
कुछ वक़्त और फिर
बस जलकर ख़त्म हो जायेंगी ये हांफती चीख़ें,
बराबर उम्र की हैं एक साथ ही मरेंगी
नीले निशाँ उठने लगे हैं गर्दन पे
ओख़ में भरके
हम-सबने हलाहल पिया है
किसी ना किसी के लिये|

~~

मज़नू का टीला

तब से कई बार गया है वो 'मज़नू का टीला'
झुग्गियां,गुरुद्वारा,रिफ्यूजी बाज़ार
और गांजा भी मिलता है वहाँ।

इस बार भी जब गया
तुम टीले पर खड़ीं नज़र आयीं
भागते-भागते वो टीले पर पहुंचा
देखा, वहाँ कोई नहीं था
फिर से ओवरडोज़ हुआ है उसको
तुम्हारे चले जाने के बाद।

~~

बेख़याली की डिबिया से

बेख़याली की डिबिया से कई पत्ते निकालकर फेंके
देखा, पत्ते से इक नाम फिसलकर गिरा
जिसे दोहराया था मैंने कई दफ़ा
कि जैसे कोई बच्चा इम्तेहान से पहले
रातभर इमला दोहराता है |
दीवार पर लटके माज़ी के शीशे में
अज़नबी बनकर आई और गुज़र गयी थी वो |

मैंने सोचा है सामने की दीवार पर
उसके क़द जितना एक फ्रेम मढ़वाकर लगवाऊँ
फिर से चरस की सिगरेट हो
फिर से दोहराऊँ मैं उसका नाम
वो आये अबकी तो फ्रेम में पूरी समा जाए
मैं पुरानी सिगरेट से फिर एक नयी सिगरेट सुलगाता रहूँ |

~~

मकां की टेरिस

कब से खाली पड़े मकां की टेरिस पर
मैंने कुछ पौधे लगे गमले खरीदकर रखे थे
बेला, गेंदा, चंपा, रात की रानी।

हरियाली से पौधे थे तब
और अब सब्ज़ रंग दम घोंटता-सा पीला,
नर्म डंठलें ज्यादा होती सख्त,
गमलों से गिरती सीमेंट की पपड़ी भुरभुरी रेत-सी,
पत्थरनुमा बनती गमलों में भरी मिट्टी।
और मेरा बहाना-
फुरसत नहीं थी बाग़बानी की,संवारने की।
उधर अब भी सूनापन छाया है मकां की टेरिस पर
इधर, खाली-खाली सा मैं
एक रिक्त स्थान की तरह...।
~~

तू आया

तू आया
ज़ख्म जितने भी थे भरकर गया
कंधे पर
तिल के फूल का निशाँ
तेरी जुदाई का खिला है,
एक तिल तो
तेरे गालों पे भी आया होगा ना?
~~

हरे,नीले,नारंगी

हरे,नीले,नारंगी अजब से
गुलाल के ज़ेवर पहिने होंगे सुबह से
दोपहर में सुनहरी धूप की आंच पर
उन पर पानी चढ़ाया होगा
नाक की लोंग में लगा सोने का मोती
पीले चने की तरह खिला होगा
इतने दिनों बाद मिली होगी होली से
जब वो इतने जेवरों में चली होगी
तो सचमुच पायल-सी लगी होगी
है ना?

~~

सूरज की तेज़ किरणें

सूरज की तेज़ किरणें
उँगलियों से पेंटिंग करती हैं पृथ्वी पर
समंदर को नीले रंग में डुबोकर उठाती हैं हवाओं को
जो सर उठाये दरवाज़ों से दाख़िल होती हैं
ऊँचे-ऊँचे चक्र बनते हैं हवाओं के
जैसे ब्रश उँगलियों में फंसाकर घुमाती हो कोई पेंटर
और बारिश छिड़क जाती हो कैनवास पर |

गर्म हवायें रेगिस्तान से उठकर दौड़तीं-भागतीं
अक्सर गीली जमीं को सुखाने आया करतीं हैं
बेचारी फिसलकर घुटनों के बल गिरती हैं
तो रेत में सनी लू बन के बहती हैं |
सर्द सफ़ेद भालूओं जैसी हवाओं ने
पानी में फीका रंग मिलाया तो बर्फ जम गयी है,
हिमालय के पैरों पर सर पटककर
मिट्टी में चूर हो जाती हैं |

कई चित्रकारों का जत्था निकला था
सब मनमर्ज़ी से मिलकर रंगते हैं पृथ्वी को
कैसा होगा काल का रंग?
फिर क्या होगा ?

~~

पेंटिंग ब्रश

सिर्फ सोच में था ये सब
बस धुआँ सुलगकर ही उठा था
उस ख़याल के मरकज़ से,
तब और कुछ भी नहीं था,
तुमने सिगरेट पीते हुए
सीखते हुए छल्ले बनाना
नौ सय्यारों को जन्म दिया था
राख बिखेर दी थी हर तरफ
तब मिट्टी बैठी
पानी दौड़ा
हवा चली
आकाश उड़ा
और लपटों में आग जली।

मत निकला करो ये पेंटिंग ब्रश लेकर
कैनवास पर अब एक सांस की गुंजाइश तक नहीं।

~~

पेंटर का घर

एक बार तूफ़ान को गुरुर था
पूरा समंदर चढ़ाकर
काँच की डिबिया जैसे घर में दाखिल हुआ
सबकी दुनिया ले गया।
जो था घर का बड़ा
सारा तूफ़ान आँखों से पी गया
दिन-महीने, साल गुज़रे
कहता कुछ नहीं मगर अब वो
कैनवास पर तूफ़ान के रंग उकेरता है
रंग बहता है तो कश्तियाँ तैरती हैं परदे पर
दर-ओ-दीवार पर कोई सीलन का निशाँ तक नहीं
परदे पर पैदा किये हैं उसने सूरज
चमकते हैं तो घर रोशन होता है
लबालब तह भरा हुआ
आज भी आता है जब बवंडर
गिड़गिड़ाता है मगर उस घर की चौख़ट पर।

~~

आर्ट-गेलरी

वहीं आर्ट-गेलरी में खड़े हुए
यूँहीं हाथ बढ़ाया था
अपनी एक जान-पहचान की पेंटिंग के जानिब,
यूँ मेरे कंधे पर आये है उँगलियों के निशाँ
जो कहीं नहीं हो मगर
नज़र में रहती हो तुम |

~~

घर से बिछड़ी

घर से बिछड़ी पीले परों वाली तितली
जब दूर जा पहुँची
सड़क किनारे धूल लपेटे पेड़ पर बैठी
पीले धब्बे पड़े थे जिस पत्ते पर
हैरान और सोचकर बोली-
"मैं घर छोड़ आयी हूँ चलो दोस्ती कर लें"
हिलती-डुलती है जब भी हवा में पत्ती
तितली कहती- "जानती नहीं है
अब देर से उड़ना सीख रही है"।

एक झोंका आया तो
कन्नी ऊँगली छुड़ाकर गया
पत्ती उड़ती-उड़ती जमीं तक आई
तितली बोली "लो उड़ना सीख गयी"
देर तलक पड़ी रही,उठी नहीं जब
अपने साथी पर आकर तितली अब रोती रहती है।
वो तितली भी तो यहाँ आई थी उड़के
घरवाले सब साथी उसके भी तो रोते होंगे।

~~

श्रीमती डॉ. नीना सिंह की एक मिनीएचर पेंटिंग पर।

द क्योर

रंगसाज़ ने हुनर से ज़िन्दा एक पत्ते पर
पैदा की थी तितली और
रंगों की गीली साँसें डाली थीं
पूरा दिन तितली सांसें फूंकती रहती
उस पौधे को अस्थमा-सा था
धीरे–धीरे सब्ज़ रंग और भी गहराता गया
आंधी में छुपे एक बीज-से लम्हे में
छनाके से टूटकर हाये गिर गया पत्ता
कुछ लम्हे दो-मुँह वाले होते हैं
एक मरता है तो दो मरते हैं |

अपनी पुरानी अल्बम में रंगसाज़ ने
अब तक रखा है उन दोनों के रिश्ते को
उस अल्बम के ज़ख्म भी तब से भरे-भरे से रहते हैं |

~~

पेपर-बोट

क़श्ती बनायी थी
सफ़र पर थी
थी एक नज़्म लिखी उस सफ़हे पर
जिसमें थे कुछ ख़याल,एहसास
और एक चाँद भी था!
नारंगी तूफ़ान में डूब गयी वो नील में
कुछ हिस्सा था शायर का सो भी डूब गया |
देखो! धूप में बैठा वही शायर
कॉलर तक अब भीगा-भीगा रहता है |
~~

टैगोर की पेपर-बोट

वो जो कश्ती बहाई थी
जाने अब कहाँ बहती होगी
सूरज निकले तो शायद आसमानी शीशे में
उसका कोई अक्स दिखे |

पर बाबा, जाने ये कौन है
जो अपनी कश्ती हर रात उतारा करता है
चमकीले झुरमुटों से गुज़रती है जब
धुंधली-धुंधली सी एक लम्बी दूधिया नदी
हर रोज़ दिखती है आसमां में |

~~

स्मार्टफोन

रूहानी लिबास में ज़न्नत से उतरती है
वो बहरूपिया पेड़ों में छुपकर रूप बदलती है
अफ़वाह है भेष बदल रही थी जब
टहनियों पर बैठे तोतों ने देख लिया उसको
तोते आपस में अब सुनाते हैं –
"अप्सरा है,
रूप बदलकर आती है,
जादुई चीज़ें लाती है हर बार
ज़न्नत की एक शाख़ से शीशे का पत्ता लाई थी आज
कानों पे रखकर सुना करती है पत्ते को
कभी वो देखती रही उसमें लोगों को
जमीं पर भी रही
नज़र में उसकी दुनिया रही।"

~~

रोंदते रहते हैं उसके बदन को

रोंदते रहते हैं उसके बदन को पैर राहगीरों के
गाड़ियों के टायर गुज़रते हैं जब
मसलने की आवाजें उठती हैं
काँच की मिट्टी का बना था पानी का वो गिलास
किसी ने पीया और फेंक दिया था।

अब चूरा पड़ा है काँच का
मिट्टी में मिलकर ख़ाक हो गया है जो
रात में किसी मोटर की हेडलाइट पड़ती है
डिपर जगमगाते हैं मिट्टी के जर्रों में,
मशाल बनके काँच का दिल लिए वो
रोशन रहा करता है रास्तों में।

धूप गिरे तो हर दोपहर को
एक मासूम,गरीब,छोटी बच्ची
कुम्हारों के मोहल्ले से आकर
मिट्टी में अपना चेहरा देखा करती है।
~~

फ्लाई-ओवर

इतना ही देखा था
फ्लाई-ओवर अपने कन्धों से जरा-सा झूलकर
खम्भों की मुट्ठियों से छुट गया था |
खाली बैलट-बॉक्स से वोटों के निवाले
उड़कर गिर रहे हैं साईट पर
"चुनावी लहर में ये जमकर बहेगा"
पार्टी वाले बोल रहे हैं,
बैलट-पेपर खा रहे हैं सब मिलकर
अफसर कागज़ी नोट खा रहे हैं,
वेटिंग-लिस्ट में मुआवज़े की फाइल्स
धूल से मंजन करती धक्के खा रही हैं ,
हर निवाले के बन्दर-बाँट में
मज़दूर के पेट अपाहिज़ होंगे |

दो जून की रोटी का हिस्सा
शायद उस फाइल को भी मिले
कि जिसके लिए अधखुले बदन की एक औरत
रोज़ दफ्तर के चक्कर लगाती है
हाँ वही,जिसका शौहर कुदाल लेकर
मलबे में अपने इंक़लाब के साथ दब गया था |

~~

वादी-ए-कश्मीर

वो जो नन्हे-नन्हे पंखों से
हवाओं के थान नाप लिया करता था
रोशन सफ़ेद झरनों से होकर
ले आता था बूँदें तोड़कर ,
सुना है वादी में बादाम के पेड़ बो रहा था जब,
गोली के आवाज़ पर
पिछली रात से वो शख़्स
उदास कन्धों पर
पड़ा है ठंडी झील के किनारों पर |
~~

370 हटने से पहले |

गुड़र-गुड़र

गुड़र-गुड़र हुक्का पीकर
चाँद बादलों के छल्ले उड़ाता
छुप जाता है एक के पीछे
कभी मौलाना बनकर खांसता, झाँक लेता है
चांदनी दाढ़ी दबाकर
हाथ जब बढ़ाता है गोद लेने को,
मुंह में अंगूठे का सिक्का दबाये
किलकारी फूट जाती है आँख के तारे की |

कर्फ़्यू की रात में छत पर
एक बच्चा चाँद से यूँ खेल रहा है |
~~

मुज़फ्फरनगर दंगों के बीच |

ख़ुद ही लिखा

ख़ुद ही लिखा और
ख़त में अपने ही लहजे से बात भी की
"माँ तुम अंगूठे की छाप देखकर
यकीं कर लेना मैं ही हूँ
दंगों के बाद बदले माहौल में
नाम भी बदल गया है"।

पोस्ट-ऑफिस में
लिफ़ाफ़े पर नाम लिख कर
खुद भी ख़त खोलकर देखा
तो ही तसल्ली हुई।

~~

पानी के घरों में

पानी के घरों में पूरे का पूरा गार्डन है
कई मछलियाँ अलग-अलग रंगों की होती हैं
फ़िरकापरश्ती नहीं होती वहाँ,
किरण गिरती है पानी के नीलम पर
ज़री से लहरों को सिलती है |
जल्दी-जल्दी समेटकर गुडुर-गुडुर करती साँसों को
चुपचाप पौधों में छिप जाया करती हैं
ये शैवाल का फूल लगती हैं मछलियाँ |

जमीं पर भी एक समंदर है हवा का
लोग यहाँ बंटे-बंटे से रहते हैं
जाने हममें से कौन है
जो हर सिवन उधेड़ दिया करता है,
क्यों कोई जोड़ नहीं पाता उधड़न ?

~~

नॉन-पोलिटिकल

इस बार ईद पे कर्फ़्यू लगेगा आसमाँ पर
देखते ही गोली मारने का हुक्म होगा
जाने चाँद निकलेगा भी कि नहीं।

सुनो,
सतपुड़ा के उस पार चलो
वहाँ दूसरी पार्टी की सरकार है
माहौल नर्म की उम्मीद में
शायद चाँद निकले।
एहतियात बरतना
गर हालचाल पूछे कोई
उन्हीं की मादरी-जुबां में कहना,
वहाँ सरकारी हुक्म नहीं होते
और गर्दनें लूट ली जाती हैं।

~~

जासूस

जब बुझ गयी थी सारी उम्मीद
आँखें जलाकर औरत रोशनी किया करती थी,
सरहद पार का जासूस बताकर
उसके पति को लटकाये रखते हैं,
सियासत से सिंदूर पर धूल
जम गयी है बस,
ना कोई पहचान
वो औरत आधी बेवा लगती है |

मिलायी से पहले तलाशी हुई
पहले मंगलसूत्र और अब चूड़ीयां उतरवा रहे हैं वो
जाने ज़िन्दा मिलेगा पति या
लाश दिखाकर उसकी लौटा देंगे...
मुंह फाड़े सब की सब चूड़ीयां मिलकर चीख रही हैं---
"जिस क़ैदी का कोई मुल्क नहीं
वो मेरा है, मेरा है वो"!

~~

मार्च

दरिया पार करके,
ट्रेन के डिब्बे, गाड़ी के बोनट
और कई टोकरी बदलता हुआ
मार्च आतंकी पंजो से उतरता है बम्बई में
नाखूनों से उतार देगा गले में दरांतियां
कब किसकी मांग लुटेगी
मंगलसूत्र और चूड़ियाँ टूटकर बस बिख़र जायेंगीं
होलिका में महीनों तक सुलगेंगे
साड़ियों के फॉल में कसे चाँदी के तार
उठता धुँआ दीवारों पर जाल बुनेगा
जो मकान बदलने से भी उतरेंगे नहीं कभी |
कुछ सियासतदारों ने फ़िरकापरस्ती का जाप किया था
बारूद की आहूति से
और भी दहका था जलता सूरज मार्च में |
पहली दफ़ा 1993 में आया था मार्च
आया तो... आना था जिसे
वो लौटकर आया नहीं |

~~

फादर्स डे

उसको ज़िन्दगी से हर साल
एक दिन कम मिलता है
सूरज निकलता है मगर ये दिन कभी आता नहीं
वो क़दमों पर ठहर जाती है
पूरी पृथ्वी चलती है उसके पैरों पर।

कुछ कोपलें उग आती हैं पुरानी बेलों की
उगाई थीं वक़्त ने जो ख़ुद ही कभी
वो पकने लगती हैं
कभी टूटकर झड़ती हैं तो
दर्द फूटकर तकिये पर निकलते हैं।

किसी पुराने कागज़ पर
नमी से फैले हुए बरसों पहले के सिग्नेचर
और एक तस्वीर लिए वो
पूरा दिन कमरे में बंद आवर-ग्लास बनकर गुज़रती है,
जाने क्या याद करके
वो एक दिन उस तक नहीं आता।

~~

पलकों के किनारों पर

पलकों के किनारों पर फ़िसलकर गिरा
खारा ज़िस्म ओढा
फिर डूबा हुआ हर आँसू
उसकी गहरी गर्दन से गले के हार तक ऐसे चला कि जैसे
फ्लूट गिलास पर झिलमिलाती बूँदें लुढ़कती हों
और हार की नर्म हथेली को ऐसे डुबो दें
कि जैसे मोती पड़े हों समंदर की हथेली पर |

अब उसके पथरीले नाम पे उगते फूलों पर
डायना नाम की सारी नमनाक तितलियाँ
आकर बैठा करती हैं,
शाम होती होगी तो...
कोई जुगनू भी तो आता होगा ना?

~~

ईला

चेहरा घुटनों में बुझाये बैठी ईला
बंद कमरे की परछाइयों ने
कांच से कल खरोंच दिया था जिस्म उसका
दम जब तोड़ देगी
कल फिर-से पैदा होगी,
ईला सुबह का अखबार बनेगी।
~~

निर्भया के साथ हुए दर्दनाक मंजर को।

आषाढ़ की उमस

आषाढ़ की उमस
चिपकते पसीने
गर्म मंद हवा।

नीचे,
सड़क से जुड़ती तंग गली
पान की दूकान
पुष्पों की फेरी
चलता रास्ता, आते लोग,
जाते लोग,
मोल भाव करते लोग
देह व्यापारी लोग।
ऊपर,
अधखुली खिड़की से झांकती
लड़की की ताकती आँखें
रक्त-सुर्ख होंठ
काले केशों का जूढ़ा साध्वी-सा
जूढ़े में अटका पुष्प निकलने को आतुर।

दरवाजे पर खट-खट
खुलता दरवाज़ा, चरचराहट
अधेड़ शराबी पुरुष
दरवाज़ा बंद,फिर चरचराहट।

अभागा पुष्प,
अँधेरा गुप्प,
निर्वस्त्र लोग,
अब.....व्यस्त लोग |
आषाढ़ की उमस |
~~

आँखें मूंदकर अब सोती जाती है

आँखें मूंदकर अब सोती जाती है स्याही,
बड़े आलस से चलती है
कोई किस्सा जब उड़कर
अटक जाए आँखों में |

उठकर जब छूती थी सफ़हे को
नुक्ते का काला का थक्का पड़ता था,
चली तो इबारत बनाकर
मखमली दुपट्टे पर छा जाते थे बादलों के ठन्डे फाये
उसके नक़्शे-कदम पर उभरती थी नज़्म सारी
हर मिशरे में बहता था सच |

अब पड़ गयीं हैं
अंगूर-सी ठेबें पांव में,
तलबे सारे उधड़ गए हैं
चलते-चलते ख़्वाबों में |

रहने दो ,
पोंछ दो सारे नक़्शे-कदम
सारे नुक्ते,सारे मिशरे,सारी नज़्म
लौटा दो उधारी के सब कागज़
चार हाथों से जमा करो टहनियों को,
स्याही को दिल का दौरा पड़ा है |

~~

एक तूफ़ान दौड़ रहा है

एक तूफ़ान दौड़ रहा है शहर में
मकान तबाह होने की खबर है |

एक वक़्त आया था तूफां
बरसात और तबाह्कुन हवा,
आया,झाँका,तलाशी ली घर की
और डूबा गया.......जैसे किनारे भर जाते हैं |

अगले शहर
एक मुसाफिर को मिल गयी
बज़्म-सी भरी-भरी नज़्म की किताब
सैलाब पर बह आई होगी नाव की तरह
अब तो मुद्दत तक आयेंगे जुबां पर
उस बवंडर के किस्से
ज़िक्र जब-जब आवादियों में
वतन की हालत का होगा |

किस्सा ऐसा भी दर्ज़ था एक नज़्म में
जहां पतवार-सा मोरपंख अटका पड़ा था |
~~

हुमांयू का मक़बरा

गुरूब होकर शबाब पर चढ़ रहा था सूरज
जलाती रहती हैं भगवा किरनें और आधा दिन सुलगकर
फूलो के सफ़ेद ज़िस्म गिरने लगते हैं।
वो अक्सर जब भी आया करती है दिल्ली
हुमांयू के मक़बरे पर जाकर झुकती है
सबसे सफ़ेद फूल को चूमकर वो
कानों पर ज़ुल्फ़ का टाँका करती है
जब भी आया करती है मग़रिब मुल्क से वो
वतन में अमन होने को
पुश्तैनी मक़बरे पर सज़दे में रहती है।

~~

एस्किलिस का ड्रामा

बस फिर जंग ख़त्म होती और
तख़्त-ओ-ताज़ को नया हीरो मिलता
परदे गिरते,तालियाँ और फिर लोग वापस।
पूरे जहान में जहाँ भी हुआ है ये प्ले
ख़त्म बस यूँ ही हुआ
कहानी बस इतनी ही थी,
इस बार भी ऐसा ही होगा
सभी प्यालों से अंगूरी शराब के घूंटों में
मिलाकर पी रहे हैं प्ले
एस्किलिस* का ड्रामा स्टेज पर रवां है
महीने भर तक चला है इसका रिहर्सल।

परदे गिरते नज़र आते हैं
6 साल की सेंड्रा बेवा माँ से
सवाल करती घर चली जाती है-
“ये मरना क्या होता है?
कोई किसी को क्यूँ मारता है?
किसने मारा था हीरो को ?
सचमुच का मरना लगता है स्टेज पर देखो तो”।

ये स्टेज भी एक ज़िन्दगी है मेरी जान

था एक पागल एस्किलिस

बादशाहत का फैसला एक जंग से हो

ना-मंज़ूर था उसको

बस एक रात बची थी,

फैसला करना था उसको

किस हथियार से,

कौन कब मारेगा सेंड्रा के हीरो को |

~~

*एस्किलिस यूनान का नाटककार था जिसे ट्रेजेडी का पिता कहा जाता है|

विक्रम-बेताल

पतंग लटकी है गली के नुक्कड़ वाले
पुराने बरगद के पेड़ पर,
उलटे पैरों से लटकी है गौरैया
मंजे में फंसी चमगादड़ लगती है
उसका सर गर्दन से नोंचकर चील ले उड़ी
बेताल भी उसी पेड़ पर लटका हुआ रहता है
कब से बच्चों की भीड़ जमा है घर में
वो जो एक राजा था विक्रम
आज बेताल उससे पूछेगा चील की नैतिकता
और उस चील का पता क्या है |

~~

स्केच-1

बड़ा लाज़मी है दूर रहकर
अंजुमन की स्टेज देखना,
और ऊँची स्टेज हो यूँ कि
क़ायनात की धुंध से ऊपर उठी आँखें हों,
देखने वालों के सारे सर नज़र से ऊपर रहें।

प्रोजेक्टर से धूप गिरेगी तो उसके लब खुलेंगे
उन पाक लफ़्ज़ों की तासीर महसूस करना,
बहती हुई गूंज पर लबों के निशाँ दिखें अगर
उन पर खड़े रहो, हिलो नहीं,
कमर पर हाथ रखकर उड़ो जैसे कोई डर ना हो
और यकीं कुछ इस तरह रहे कि फैलती क़ायनात हो
टूट-फूट हो,मगर किसी और क़ायनात को
पाँव रखने की भी जगह ना मिले।

ब्रह्माण्ड के पार से ऐसी ही होगी
ख़ुदा अपनी नज़रों से यूँ ही देखता होगा।
~~

ओइंड्रीलिया सेन गुप्ता पर।

लोअर पारेल 2017

बिल्लियाँ झाँक रही थीं
खरगोशों के कान खड़े थे
नीली रौशनी में डांस करते हुए सारा मंज़र
क़ीमती व्हिस्की के ब्रांड्स में डूबा रहा
बीम-लाइट्स गिरती थीं पैमानों में
सबकी परछाइयां बनती थीं ग्लासों पर।

किसी एक मामूली चिंगारी से निकलकर
शेर बालों में घनी लपटें सुलगाये दाख़िल हुआ
लोग मुखोटे उतारकर फेंकते रहे
दहाड़ें टेरिस पर हवा में फेहर रही थीं
दमकल से निकली हाथियों की सूँड़ों ने फुब्बारे छिड़के तो
शेर अपनी चिंगारी में वापस लौटा।

अब सिर्फ धुआँ जो उठा था कग़ार से वो जम रहा है
बचपन की शेर-खरगोश और कुंये की कहानी में
कुछ नए किरदार जुड़े थे।

~~

दिसम्बर 2017 में लोअर पारेल के एक पब में लगी आग़ पर।

कुछ इस तरह है इंसानी इर्तिका

कुछ इस तरह है इंसानी इर्तिका भी
कच्चेपन से गुज़रना एक दौर है
जिसकी मंजिल पे बनती है सुराही आरज़ू की
हर मिट्टी की ख़्वाहिश वो मुक़म्मल पके
रावी का पानी उसमें बहता फिरे
मिट्टी की प्यास मुसलसल बुझती रहे।

सूरज तले जले तो मिट्टी ही रहे
चाक पर फेरे ले,एहसासों की गर्माइश पर जले
तो मिट्टी पका घड़ा बने।

वज़ूद के रास्ते पर चलो तो
दिल को कानों पर रखकर सुना करो
नक्शा सारे रास्तों का वहीं से खुलता है
ग़र अँधेरा हो, डर भी लगे
उम्मीद की शमां जलाकर देखा करो।

~~

ज़िन्दगी का सफ़र

ज़िंदगी का सफ़र चलता रहा
कभी इस राह, कभी उस राह
मैं भी चलता रहा ज़िन्दगी के साथ
कभी इस दिशा,कभी उस दिशा |
इस सफ़र में कई अजनबी दोस्त बने
कई दोस्त अजनबी
कुछ राहें छूटीं,कुछ राहें जुड़ी,
कुछ राहें थीं गोल,कुछ थीं मुड़ी |
इन राहों के चक्रव्यूह में
अभिमन्यु था तो मैं,
इन राहों के जाल में
ढूंढता-फिरता खुद को मैं |
हर शब्द पर नये प्रश्न बनते
अब हर प्रश्न पर नयी राह है,
कुछ प्रश्न निशब्द होते
कुछ को निशब्दता की चाह है |
बुझ गया जीवन का दीपक
खुद ही को ढूँढने में
अब जाकर मुझे ये राज़ आया समझ में –
गुम हुआ था मैं कहाँ इन राहरुपी जालों में
गौर-से देखूं तो पाऊं
खुद राहें फंसी हैं जालों में |

~~

वक़्त से रेस

आँखों में कैद एक सपना लिये
बरसात के महीने में वो चल दिया घर से,
वो चलता रहा तेज़ आँधियों में
टेढ़े-मेढ़े,ऊँचे-नीचे रास्तों में,
बिना मार्गदर्शक के
वो चलता रहा वक़्त के साथ
गहरे काले बादलों के साथ
समय को जीतने की होड़ में
वो समा गया काल की गोद में |

पर समय अब भी चल रहा था
अब सब कुछ शांत है
वो मुसाफिर,
वो आंधी,
बादल भी |

अब मौसम खुला है
आसमान साफ़ है
वक़्त बलवान है
वही शक्तिमान है |
~~

***

www.ingramcontent.com/pod-product-compliance
Ingram Content Group UK Ltd.
Pitfield, Milton Keynes, MK11 3LW, UK
UKHW042105021026
15589UKWH00001B/196

9 789388 202336